Kurt Freischläger

Dunkle Wolken über Burg Thurant
Eine spannende Rittergeschichte

Kurt Freischläger

Dunkle Wolken über Burg Thurant

Eine spannende Rittergeschichte

Rediroma-Verlag

Bibliografische Information der Deutschen Nationalbibliothek:
Die Deutsche Nationalbibliothek verzeichnet diese Publikation in der Deutschen Nationalbibliografie; detaillierte bibliografische Daten sind im Internet über http://portal.dnb.de abrufbar.

ISBN 978-3-98527-932-6

Autor: Kurt A. Freischläger
Co-Autor für historische Begebenheiten: Norbert Becker
Cover & Bilder: Holger Simonis (www.maler-simonis.de)
Grafik & Design: Kerstin Koller
Lektorat: Stefan Ruck

www.rediroma-verlag.de
11,95 Euro (D)

Inhalt

Personen der Geschichte

- **Ulrich von Bensberg**, beginnt auf der Burg Thurant die Ausbildung zum Ritter
- **Eberhard von Bensberg**, Vater von Ulrich
- **Mathilde**, Mutter von Ulrich
- **Ritter Curt**, Ratgeber von Eberhard
- **Ritter Georg**, begleitet Ulrich nach Thurant
- **Ritter Balduin**, begleitet Ulrich nach Thurant
- **Ritter Gregor**, begleitet Ulrich nach Thurant
- **Pfalzgraf Otto II.**, Lehnsherr von Thurant
- **Berlewin von Alzey**, Vasall und Marschall des Pfalzgrafen auf Thurant
- **Ritter Brennero**, Berater von Berlewin
- **Ritter Olgert von Alkena**, praktischer Ausbilder der Knappen
- **Ritter Ansgar von Portas**, Befehlshaber über die Söldner
- **Meister Ottmar von Ruitsch**, Architekt und Baumeister

- **Irmingard von Isenburg**, verweilte einige Jahre auf Thurant
- **Klara**, Tochter von Irmingard von Isenburg
- **Blanceflor**, verwaistes Edelfräulein
- **Mönch Dietrich**, Ausbilder der Knappen für die theoretischen Fächer
- **Elsbeth**, genannt Els, Herrin über die Burgküche
- **Ritter Boos**, ist zum Jagdvergnügen auf Thurant
- **Ritter Philipp**, ist zum Jagdvergnügen auf Thurant
- **Reinmar von Zweter**, Spruchdichter und Sänger
- **Josh, Florian, Claus & Franzisko,** machen auch die Knappenausbildung
- **Anselm**, Novize in einem Kölner Kloster und späterer Freund von Ulrich
- **Walter, Kunibert, Hermann & Otto**, 4 Räuber
- **Konrad I. von Hochstaden,** Erzbischof von Köln
- **Arnold von Isenburg,** Erzbischof von Trier

Beschreibung einzelner Begriffe

- **Balliste:** vergleichbar mit einer stehenden, übergroßen Armbrust
- **Bergfried:** Turm auf einer Burg, dient als höchster Punkt der Beobachtung der Umgegend, Gefängnis, Vorratsraum und letzter Rückzugsort für die Burgbesatzung, sollte der Feind in die Burg eindringen
- **Beutelschneider:** Diebe, die es auf (s.) Geldkatzen abgesehen haben
- **Blide:** Wurfmaschine, mit der Geschosse (Steine usw.) durch ein Gegengewicht geschleudert werden
- **Büttel:** Stadtpolizist, der dem Stadtvogt unterstellt ist
- **Burgmannen:** Wachmänner und Kämpfer, die die Burg verteidigen
- **Domkapitel:** Kreis hoher geistlicher Herren, die den (Erz-)Bischof beraten
- **Freier:** z. B. > Bauer, der im Vergleich zu einem (s.) Hörigen eigenen Besitz hat
- **Griechisches Feuer:** Mischung aus verschiedenen Pulvern, welche nach Entzünden nicht mit Wasser zu löschen war (s. heute z. B. Bengalfackeln)

- **Geldkatze**: an einem Gürtel befestigter Beutel für Münzen
- **Gugel:** eine mittelalterliche, kapuzenartige Kopfbedeckung
- **Leibeigener:** unfreier Bauer, Handwerker oder Arbeiter eines Adligen
- **Katapult:** Geschosse, wie z. B. Steine, wurden ähnlich einem Prellbock geschleudert (katapultiert)
- **Kriegsknechte:** fremde, angeworbene (Fuß-)Soldaten, die gegen Lohn Kriegsdienst leisten (Infanterie)
- **Laudes:** Stundengebet um 3.00 Uhr, gefolgt von der Prim um 6.00 Uhr usw.
- **Lehnsherr:** der Pfalzgraf, der seine Burg dem Lehnsmann / Vasallen (Berlewin) überlassen hat
- **Meile:** Längenmaß > ca. 7,5 Kilometer
- **Niedergericht:** Vergehen des Alltags (Räuberei, Diebstahl, Wilderei usw.) wurden mit Pranger bis zu körperlichen Strafen belegt.
- **Patrizier:** Angehörige der reichen Oberschicht einer Stadt (Handelsherrn usw.)
- **Pfeffersack:** im Mittelalter eine beleidigende Bezeichnung für reiche Handelsherren und Kaufleute (Patrizier)

- **Söldner:** fremde – meist berittene - angeworbene Soldaten, die gegen Lohn Kriegsdienste leisten

- **Treidelpfad:** Wege rechts und links der Flüsse zum treideln (ziehen) von Schiffen mit Pferden der Ochsen flussaufwärts

- **Vasall:** Lehnsmann (z.B. Burgvogt), der seinem Lehnsherren, z. B. Pfalzgraf, als Gegenleistung für eine Burg und Ländereien den (Lehns-)Eid schwören und Kriegsdienst leisten musste

- **Veste:** Festung > Burg > (Grenz-) Veste oder Zollburg zur Sicherung des Landes

- **Vogt:** Titel für meist adlige Beamte mit polizeilichen und gerichtlichen Befugnissen

- **Verlies:** Gefängnis in Burgen, befand sich überwiegend im Untergeschoss des Bergfriedes

- **Zehnt:** Der zehnte Teil aller Einkünfte (z. B. Getreide, Wein, Tiere) musste von den Bauern, Winzern – von Handwerkern Geld – an den Lehnsherren (Burgvogt) einmal jährlich (im November) abgegeben werden. Dafür erhielten sie Schutz für Haus, Hof und Familie. Einen Teil der Einkünfte musste der Burggraf dann an den Pfalzgrafen weitergeben.

- **Zwinger:** freie Flächen zwischen den eine Burg umschließenden Ringmauern, die im Falle eines Angriffs vom Feind erst »bezwungen« werden mussten, bevor er vor der eigentlichen hohen Burgmauer stand
- **Zwille:** kleine Steinschleuder

Prolog

Wir befinden uns im Mittelalter im Jahr 1243 auf der Burg des Engelbert von Bensberg. Er ist Ritter der Ritterschaft der Herren vom Berg im Bergischen Land. In deren Auftrag verwaltet er als Burgvogt die Festung und die dazu gehörenden Ländereien und Dörfer und er gibt den Bewohnern Schutz und Hilfe. Im Gegenzug haben die Bewohner den Zehnt abzugeben, das heißt, von zehn Säcken Getreide muss einer als Zins und Pacht dem Burgherrn abgegeben werden.

Es herrschen unruhige Zeiten im ganzen Land. Überfälle auf Handelszüge und Dörfer sowie Belagerungen von Burgen sind an der Tagesordnung.

Das spürt auch Ulrich, der 15-jährige Sohn des Burgvogts Engelbert.

Nur mit Mühe gelingt es den Grafen und Herzögen sowie ihren Lehnsherren auf den Burgen, Land und Leute ausreichend zu schützen.

Ulrich von Bensberg

Ulrich hat sich heimlich von der Burg in den nahegelegenen Wald begeben. Dort sucht er mit einem Bogen und Pfeilen nach Wild. Er versucht, Vogelstimmen zu erkennen und zu unterscheiden.

»Ein Kaninchen für den Abendtisch wäre nicht schlecht«, denkt er bei sich.

Leise schleicht er durch das Unterholz, umgeht trockenes Holz und versucht, das Rascheln der Blätter auf dem Boden zu vermeiden. Dabei stört aber gelegentlich sein Gewand, eine braune, ihm zu große Tunika, die er sich zu diesem Zweck bei einem Knecht ausgeliehen hat. Seine blonden Haare wehen ihm unablässig in sein Gesicht. Er fährt sich durch das Haar und streicht es wiederholt zur Seite. Dabei bemerkt er, dass sein Gesicht mit der feinen Stupsnase verschwitzt ist. Seine Lippen verziehen sich zu einem Lächeln. Er bleibt kurz stehen und zieht aus einem Beutel, der an seiner Seite hängt, ein Tuch, um sein Gesicht zu trocknen. Dabei schauen seine blauen Augen immer noch gespannt in die Umgebung.

Ulrich ist trotz seines Alters ansehnlich und kräftig gebaut. Das merken die übrigen Jungen auf der Burg. Wenn sie mit Holzschwert und Lanze üben, fürchten sie die harten Schläge, die Ulrich mit dem Schwert austeilt. Knappen leben auf der Burg zurzeit keine, es sind die Söhne der ansässigen Ritter oder des Gesindes und der Handwerker. Nur vor dem gleichaltrigen ältesten Sohn des Schmiedes nimmt Ulrich sich bei solchen Spielereien in Acht. Da fängt man sich schon einmal einen blauen Fleck mehr als nötig ein.

Ulrich wartet darauf, bei seinem Vater die Ausbildung zum Knappen beginnen zu können, denn alt genug dafür ist er. Vom siebten bis zum vierzehnten Lebensjahr dient man, oftmals als Page, auf fremden Burgen. Herr Engelbert benötigt dringend Ritter sowie weitere waffentaugliche Männer und Knappen, da es erst im vorigen Jahr, anno 1242, eine monatelange Belagerung der Burg gab. Sie konnte aber vom Feind nicht eingenommen werden, der letztlich aufgeben musste und wieder abzog.

Plötzlich hört Ulrich ein Pferd kommen. Er duckt sich ins Unterholz, um nicht gesehen zu werden. Doch dann erkennt er den Knecht seines Vaters, der ihm den Kittel geliehen hat und gibt sich zu erkennen.

»Junger Herr, Ihr sollt sofort zu Eurem Vater kommen. Er erwartet Euch im Rittersaal.«

Er bittet ihn, hinter ihm aufzusitzen, und sogleich galoppieren sie zurück zur Burg, um Ritter Engelbert nicht zu lange warten zu lassen.

Dieser schreitet im Rittersaal unruhig auf und ab wartet auf seinen Sohn. Die unheilvolle Zeit hat ihn dazu bewogen, befreundeten Rittern und Grafen Nachrichten zu senden, ob man gewillt sei, Ulrich zum Ritter auszubilden.

Eine einzige zufriedenstellende Antwort erhielt er endlich nach einigen Wochen von den ausgesandten Boten.

Berlewin von Alzey, Vasall und Burgvogt des Pfalzgrafen, genannt Zurno von Thurant, in Alken an der Mosel, hat freundschaftlich zugesagt, Ulrich die nötige Ausbildung zu garantieren. Man erwarte ihn in den nächsten Wochen auf der Burg über dem Moseltal.

Eilig stürmt Ulrich einige Treppen hinauf und mit lautem Gepolter in den fürstlich eingerichteten Saal. Der Boden ist bedeckt mit frisch geschnittenen Binsen und getrockneten Kräutern. Teure Teppiche dienen als Wandbehänge vor dem kahlen Stein der Wände. Schilde, Lanzen und Schwerter verzieren weitere Wände und Säulen im Rittersaal, dem Pallas. An der Stirnseite des Tisches sitzt sein Vater Engelbert, neben ihm seine Frau Mathilde sowie Curt, ein Ritter, der das Vertrauen von Engelbert genießt und auch sein treuer Ratgeber ist.

Ulrich geht zögernd auf seine Eltern und Ritter Curt zu. Er ahnt nichts Gutes.

In angemessenem Abstand bleibt er stehen, bis er aufgefordert wird, sich zu setzen. Sein Vater schaut Ulrich mit ernster Miene an und beginnt in kurzen Sätzen zu sprechen:

»Wir leben, wie du selbst weißt, in einer unruhigen Zeit. Unsere Burg ist als Grenzveste sehr oft Schauplatz von Belagerungen. Daher haben deine Mutter und ich mit Curt überlegt, dich für die Zeit als Knappe nach Alken zu schicken. Dieser Ort liegt in einem Tal der Mosel unweit von Koblenz. Dort steht die Zollburg Thurant. Sie gehört dem Pfalzgrafen Otto II., Graf bei Rhein. Er ist der Lehnsherr von Thurant. Sein Burgvogt Berlewin von Alzey ist ein guter Freund von mir. Er ist der Marschall des Pfalzgrafen.

Die Burg Thurant wird in den nächsten Jahren dein neues Zuhause sein. Du hast bei uns eine unbeschwerte Zeit gehabt. Deine Pagenausbildung, die du vor sieben Jahren begonnen hast, ist vorbei. Da war das Glück auf deiner Seite.«

Entsetzt schaut Ulrich seine Eltern an und macht ein trauriges Gesicht. Leise fragt er: »Muss das wirklich sein?« Ulrich weiß aber auch, wie streng sein Vater sein kann und auch, wenn vonnöten, hin und wieder seine Hand ausrutscht.

»Schau«, antwortet sein Vater, »es wird Zeit, die Ausbildung zum Ritter zu beginnen. Die Knappenzeit wird weitere sieben Jahre dauern, in denen du beweisen musst, ob du dann den Ritterschlag erhalten wirst. Ritter Georg will schon seit geraumer Zeit damit anfangen. Aber die ewigen Störungen und Belagerungen meiner Burg haben das verhindert. Deine Lehrzeit wird jetzt auf der Burg Thurant geschehen, das hat mir Berlewin von Alzey schriftlich zugesagt. Du wirst auch nicht allein dorthin reisen. Es gibt eine Reisegruppe, die in den nächsten Tagen in Richtung Koblenz aufbricht. Zusammen mit drei meiner Ritter wirst du dich auf den Weg machen. Sie werden die Gruppe bis Koblenz und dich bis nach Alken schützen. Ritter Georg wird mit dir auf Thurant bleiben. Die anderen beiden kommen wieder zurück. Bereite dich also sorgfältig vor. Mutter wird dir helfen, das Nötigste zu packen, damit es dir während der Reise an nichts fehlt. Du kannst nun gehen.«

Erleichtert, aber doch ein wenig traurig, geht Ulrich in seine Kammer.

Kurze Zeit später klopft es an die Tür und seine Mutter tritt ein. Sie sieht das sorgenvolle Gesicht von Ulrich. Aufmunternd klopft sie ihm auf die Schulter und sagt: »Nun sieh die Reise nicht als Strafe an. Es geschieht aus Sorge um dich. Dein Vater benötigt ausgebildete Ritter, die in der Lage sind, gegen die Feinde unserer Burg zu kämpfen. Da kann er sich nicht auch noch um den Fortgang deiner Ausbildung kümmern. Außerdem sollst du irgendwann einmal seine Nachfolge hier antreten.

Auf Thurant kann sich Georg um dich kümmern. Zusammen mit Berlewin von Alzey werden sie sich deiner Ausbildung widmen. Du bist der einzige Sohn deines Vaters und aus dir soll ein guter Knappe werden. Dazu gehört auch eine gute Ausbildung. Übermorgen geht deine Reise los.«

Beim Hinausgehen dreht sie sich nochmals um und fügt noch hinzu: »Wer weiß schon im Voraus, welche Abenteuer Euch auf der Reise und auf Burg Thurant erwarten, Herr Knappe Ulrich von Bensberg.«

Der Abschied

Am frühen Morgen des 15. März 1243 treffen sich unterhalb von Burg Bensberg zwölf Menschen, die zu einer beschwerlichen, allerdings nicht so langen Reise bis Koblenz oder nach Alken an der Mosel aufbrechen. Schweren Herzens hat sich Ulrich von seinen Eltern verabschiedet. Er ist immer noch traurig, aber er muss auf jeden Fall nach Thurant reisen, so will es nun einmal sein Vater.

Die Gruppe besteht aus einer Wanderapothekerin mit ihrem Reff, einem hölzernen Tragegestell, die nach Koblenz reist, um dort Medikamente zu kaufen, zwei Ehepaaren, die jeweils ein Gefährt haben, das von einem Esel und einem Ochsen gezogen wird. Es sind freie Bauern, die ihren eigenen Geschäften nachgehen. Auf den Wagen befinden sich Getreide, Lebensmittel, Bier und sonstige Sachen, mit denen sie Handel treiben wollen. Bier und Lebensmittel sollen in Koblenz verkauft werden. Da ist noch ein Minnesänger, ein Herr Reinmar von Zweter. Man erzählt sich, er stamme aus einem Rittergeschlecht im Rheinland, dort habe er sich der Kunst der Spruchdichtung und des Gesangs verschrieben, anstatt sich als Ritter im Kampf zu messen. Nun will er zurück nach Alken auf Burg Thurant. Er war in Köln sowie weiteren Burgen und hat sich dort mit seinen Vorträgen verdient gemacht.

Etwas abseits liegen zwei Männer am Wegrand im Gras. Sie warten ebenfalls darauf, dass jemand den Befehl zum Aufbruch gibt. Sie haben sich als Wanderarbeiter ausgegeben und heißen Otto und Walter.

Die Ritter Georg, Balduin und Gregor kommen langsam aus der Burg geritten. Ihre offenen Helme glänzen in der Sonne. Alle tragen leichtes Rüstzeug, welches aus Kettenhemd und Schulterplatten besteht. Am Sattelknauf ist ein Schwert, ein sogenannter Einhänder befestigt. Ein Schild auf dem Rücken wird von einem weiten Überwurf verborgen. Dadurch ist das Wappen derer von Berg auf den Waffenröcken nicht gleich zu erkennen. Sie und Ulrich, der den Schluss bildet, gesellen sich zu den Wartenden.

Georg ergreift das Wort: »Ihr wisst, wir reisen nach Alken an der Mosel. Bis dahin habt ihr unser Geleit und unseren Schutz. Wer weiterreisen möchte, muss das ohne unsere Unterstützung tun. Ich hoffe, dass alle Männer dieser Gruppe Waffen bei sich haben und auch beherzt eingreifen, sollte es zu einem Zusammenstoß mit Gesindel kommen. Es treiben sich allerlei Halunken in den Wäldern herum, die nur darauf warten, Reisende auszurauben. Wir bleiben immer als Gruppe zusammen. Ritter Balduin und Gregor übernehmen die Spitze, Ulrich und ich bilden die Nachhut. Nun formiert euch. Sputet euch! Los geht`s.« Balduin und Gregor reiten langsam nach vorn. Der vorgegebene Weg ist keine ausgebaute Straße, sondern nur eine Schneise durch den Wald und an Huf- und Wagenspuren im hohen Laub erkennbar. Ab Köln gibt es einen Handelsweg, den Gregor und Balduin gehen wollen. Auf dieser Strecke, über Godesberg auf der anderen Rheinseite nach Koblenz, sind zu dieser Zeit viele Händler zu den Märkten unterwegs.

Zügig formiert sich die Gruppe. Die beiden Ehepaare gehen geschlossen. Zu diesen vier Personen gesellt sich ebenfalls die Wanderapothekerin. Der Minnesänger, Reinmar von Zweter, sucht den Kontakt zu den beiden Gestalten, die sich irgendwie sonderlich verhalten. Sie teilen dem Minnesänger unvermittelt mit, dass sie keine Lust auf eine Unterhaltung mit ihm wünschen. So reitet Reinmar allein in der Gruppe.

Aufmerksam hat Ulrich die ablehnende Haltung der beiden Männer zu dem Sänger beobachtet und teilt es vorsichtig Ritter Georg mit. Georg antwortet:

»Du hast es also auch gesehen. Ich habe die beiden schon seit dem Abmarsch in Bensberg beobachtet. Reite bitte nach vorne zu Balduin, ob er auf mich warten kann. Reite du dann mit Gregor vorn weiter. Lasst euch nicht anmerken, dass wir einen Verdacht haben.«

Ulrich spornt sein Pferd an, galoppiert an der Gruppe vorbei und teilt den Wunsch von Gregor den beiden Rittern mit. Ulrich reitet nun anstelle von Balduin mit Gregor an der Spitze. Balduin wartet am Wegrand, bis er sein Pferd neben Georg wieder anspornt.

»Diese beiden Gestalten hier vor uns beobachte ich schon seit dem Abmarsch. Bei denen stimmt etwas nicht. Bleib mit mir hier am Schluss der Gruppe und halte mit mir die beiden im Auge.«

Balduin, ein sehr erfahrener Ritter und Kämpfer, genau wie Georg, nickt nur stumm und bestätigt somit, dass er verstanden hat.

Langsam wird es dämmrig und Gregor schaut sich nach einem geeigneten Rastplatz für die Nacht um. Da entdeckt er vor sich, neben einem hohen Felsen und etwas abseits des Weges, eine kleine Lichtung. Sie ist rundum von dichtem Laubwald umgeben. Zielstrebig steuert Gregor die Stelle an und erblickt in der Nähe eine alte, zerfallene Hütte. Die Tür hängt schräg in den Angeln und das Dach ist mit einer dicken Moosschicht bedeckt. Langsam sammelt sich die Gruppe auf der Lichtung.

»Hier bleiben wir über Nacht. Morgen geht es weiter. Die Frauen schauen sich die Hütte von innen an und befreien sie soweit von Unrat, dass ihr darin schlafen könnt. Der Rest der Gruppe übernachtet hier draußen.«

»Wir beide nicht«, hören sie laut jemanden sagen. »Wir gehen weiter. Wir müssen so schnell wie möglich in Bacharach sein.«

Dabei wenden sich die beiden Tunichtgute um und wollen ihren Weg fortsetzen.

»Stopp«, ruft Georg laut. »Was seid ihr für Strolche? Ihr habt euch der Gruppe angeschlossen und somit seid ihr einen unausgesprochenen Pakt eingegangen. Sucht euch einen Schlafplatz!«

Einer der beiden Männer will etwas erwidern, wird aber von seinem Partner angestoßen. »Gut, wir bleiben.«

Zufrieden lächelt Gregor. Ulrich schaut sich zögernd um. Der Wald ist ihm plötzlich unheimlich und er denkt: »Es wird wohl keine Hexe in der Hütte hausen?« Von Wald- und Baumgeistern hat er schon oftmals gehört. »War da nicht gerade der Schatten einer fliegenden Waldeule über den Bäumen? Gnome sollen unter Baumwurzeln hausen und schlafende Pilger gezwickt und gebissen haben.« Er hält sich immer unauffällig in der Nähe von einem der Ritter auf.

Die drei Frauen reinigen die Hütte für die Nacht. Danach setzen sich alle und verspeisen ihr mitgenommenes Essen, bevor die Nacht hereinbricht.

Schließlich legen sich alle auf ihre vorbereiteten Schlafstellen. Georg teilt vorher noch die Wachen ein. Er übernimmt freiwillig die erste, die beiden Bauern die letzte Wache.

Am anderen Morgen bemerkt Balduin, dass die beiden Gestalten nicht mehr im Lager sind. »Da haben es die beiden doch geschafft, unsere Gruppe zu verlassen. Ich habe ihnen seit

Bensberg nicht getraut.« Als er in die Runde schaut, sieht er einen der Bauern beschämt dastehen.

»Herr, es ist meine Schuld. Ich bin wohl während meiner Wache nur ganz, ganz kurz eingeschlafen.«

Balduin nickt nur und informiert Georg. »Jetzt müssen wir uns neu aufteilen. Vorn reiten ab heute du, Gregor und Ulrich.« Er zeigt auf die beiden Bauern.

»Es kann sein, dass man plant, uns zu überfallen. Ihr beobachtet vom Wagen aus die Umgebung und lasst eure Frauen lenken. Sucht euch jetzt im Wald starke Äste, spitzt diese vorn an und benutzt sie nötigenfalls als Waffe.«

»Wir brauchen keinen Ast zu suchen. Wir haben zufällig Waffen bei uns. Hier sind mein Messer und sogar ein Kurzschwert«, bemerkt einer der Bauern.

»Doch«, antwortet Georg, »ihr müsst für eure Frauen sorgen und Holzwaffen schnitzen. Sonst sind sie ungeschützt!«

Es ist eigentlich nicht erlaubt, dass Bauern Schwerter tragen, doch jetzt freut er sich über die Ungehörigkeit. Nachdem die Bauern im Wald geeignete Äste gefunden, diese angespitzt und handlich geschnitzt haben, geht es wieder los, immer den Rhein entlang bis gegenüber von Godesberg. Es ist bis dorthin noch ein gutes Stück Weg. Auf der Godesberger Burg will man für die nächste Übernachtung nachfragen.

Schroffe Felsen und dunkle Wälder säumen den Weg. Hin und wieder hört man ein Knacken abseits des Weges. Ulrich meint, einen huschenden Schatten wahrgenommen zu haben. Da sieht er einen Wolf neben der Gruppe herlaufen. Eine Gänsehaut rieselt seinen Rücken hinunter. Doch schon ist der Wolf nicht mehr zu sehen. Jetzt herrscht wieder Stille. Nur die Geräusche der Wagenräder und die Pferdehufe sind zu hören. Man kommt gut voran und bleibt von böswilligen Überraschungen verschont. Georg hat auch Reinmar von Zweter gefragt, ob er eine Waffe trägt.

»Ja«, antwortet der zwinkernd: »Man weiß nie, wem man auf dem Weg begegnet.« Er schlägt seinen Mantelsack zur Seite und deutet auf ein Kurzschwert sowie einen Streitkolben.

»Ungewöhnliche Instrumente für einen Sänger«, meint Gregor grinsend.

»Dann solltet ihr einmal die Töne hören, wenn ich damit dem hinterhältigen Lumpenpack aufspiele«, gibt der Sänger lachend von sich. Auf der anderen Rheinseite sehen sie endlich Stadt und Burg von Godesberg.

»Hol über«, brüllt Georg über den Fluss und man sieht kurz darauf, wie der Fährmann und sein Gehilfe die Fähre durch die schnell fließenden Fluten des Rheins steuern.

Vorsichtig begeben sich alle auf das schwankende Boot. Vorher packen alle mit an, um die Wagen und Tiere auf die ächzenden Planken zu bringen.

»Haltet euer Viehzeug still«, äußert sich der Fährmann. »Hab keine Lust, wegen euch zu kentern. Der Fluss ist auf Grund der Schneeschmelze in den Bergen um diese Zeit reißend und unberechenbar. Betet also, dass wir heil an das andere Ufer kommen.«

»Wenn du glaubst, mit deinem Geschwätz könntest du den Preis für´s Übersetzen nach oben treiben, muss ich dich enttäuschen«, ruft Georg den Fährleuten zu.

Hin und wieder schießt ein Schwall Gischt über die Bordwand und kaltes Flusswasser durchnässt die Reisenden. Die Fährleute arbeiten fachgerecht mit den Rudern. Dennoch ist es keinem so richtig geheuer in dem tanzenden Boot auf den schäumenden Fluten des Stromes. Glücklich am Godesberger Ufer angekommen, geht das Entladen schnell von der Hand. Als Letzter führt Georg sein Pferd von der Fähre. Nur noch einen, vielleicht zwei Schritte zum festen Ufer, da rutscht er auf einem bemoosten Stein aus. Mit einem erschreckten Aufschrei fällt Georg vornüber in die flachen Fluten und nimmt dabei einen kräftigen Schluck vom Wasser des Rheins.

»Für den Anblick eines nassen Ritters verlange ich keinen Aufpreis«, feixt der Fährmann und stimmt in das Gelächter der übrigen Reisenden ein.

Am Abend kommen sie an der Godesburg an und man lässt sie hinter den Mauern übernachten.

Überfall im Wald

Am folgenden Tag geht es weiter. Die Gruppe zieht gemächlich durch einen dichten Mischwald. Die breiten Kronen der mächtigen Eichen und Buchen, die inzwischen das erste frische Grün austreiben, werfen lange Schatten auf den Weg. Von oben hört man das drohende Gurgeln des Flusses und der Wellen, die ans Ufer schlagen. Eng stehen die hohen Bäume, dazwischen hin und wieder von Moos bewachsene Felsen, die auf der einen Seite steil nach oben steigen und auf der anderen Seite tief zum Rhein hinabfallen. Keiner in der Gruppe denkt noch an die beiden Strolche, die sich in Bensberg der Gruppe angeschlossen haben. Dennoch ist man wachsam. Um sie herum herrscht absolute Stille, als halte der Wald den Atem an. Ulrich hört es als Erster. Ein einzelner Vogelruf dringt plötzlich aus dem Wald. Er weiß, dass das kein echter Vogel ist. Leise spricht er Gregor an. »Ich habe gerade einen Vogelruf gehört, der aber keiner ist. Ich glaube, wir kommen gleich in einen Hinterhalt und man will uns überfallen. Die Strecke vor uns ist wie geschaffen für einen Überfall.«

Gregor zieht sofort sein Schwert. Sirrend gleitet der Stahl aus der Lederscheide, während er die anderen mit einem lauten Ruf warnt. Sofort ziehen Balduin und Georg ebenfalls ihre Schwerter, streifen die Überwürfe ab und nehmen ihre Schilde zur Hand. Die Bauern ergreifen ebenfalls ihre Waffen. Auch Reinmar von Zweter hat den Warnruf vernommen. Er öffnet vorn sein Gewand und zieht seinen Streitkolben hervor. Sie haben kurz angehalten und warten nun alle gespannt darauf, was als nächstes geschieht. Die Frauen sind in einen der Wagen unter die Plane gekrochen und schauen auf ihre Holzwaffen, die griffbereit vor ihnen liegen. Ulrich hat einen dicken, geschnitzten Ast in der Hand. Eine Bäuerin jammert und bekommt einen Stups an die Seite. »Konzentriere dich und hör auf, zu jammern«, sagt die andere.

Langsam geht die Gruppe weiter. Da stürzen vier vermummte Männer mit Gebrüll aus dem Gebüsch. Man hört ein kurzes Surren in der Luft. Eine der Bäuerinnen schreit auf, als ein Pfeil die Wagenplane durchbohrt und sie am Arm getroffen wird. Georg lässt die Zügel seines Pferdes locker und mit einem Schnalzen aus dem Mund spornt er das Pferd an. In wildem Galopp reitet er auf die Strolche zu. Mit einem Hieb der Breitseite seines Schwertes verletzt Georg einen der Wegelagerer so, dass dieser zusammenbricht und schmerzhaft aufheult. Zwischenzeitlich sind auch die übrigen der Gruppe zur Gegenwehr übergegangen. Die Bauern, Gregor und Balduin haben sich zur Verteidigung der Wagen sowie der Frauen mit gezogenen Waffen aufgestellt. Kräftige Schläge mit dem Stock, die die Bauern austeilen, verhindern vorerst, dass die Räuber die Oberhand gewinnen. Der Dichter Reinmar, seinen Streitkolben schwingend, stößt einen weiteren der Halunken zu Boden und lässt sein Pferd gefährlich nahe am Kopf des Mannes mit den Hufen scharren. Der Kerl wagt nicht, sich zu bewegen. Ulrich findet sich plötzlich inmitten des Getümmels wieder, nachdem er von seinem Pferd abgestiegen ist. Er hat gesehen, dass der Bogenschütze einen weiteren Pfeil auflegen will. Mit Geschrei, seinen Knüppel über dem Kopf erhoben, rennt er auf den Mann zu. Bevor dieser seinen Bogen erneut abschießen kann, trifft ihn Ulrichs Schlag mit dem Prügel so heftig, dass nicht nur der Bogen zerbricht, sondern auch der Arm des Angreifers. Die drei Wegelagerer bemerken schnell, dass die Sache nun endgültig verloren ist. Der vierte versucht, Haken schlagend wie ein Kaninchen, in den Wald zu entkommen. Kurz bevor er diesen erreicht, stolpert er über eine überstehende Wurzel. Die Spitze eines Schwarzdornstrauches bohrt sich in seine Wange und reißt sie tief auf. Blutend und vor Schmerzen schreiend, verschwindet der Strolch zwischen den knorrigen Eichen.

»Lasst ihn laufen«, ruft Georg. »Der hat genug und ist für sein Leben gezeichnet!«

Kurze Zeit später hören sie das Geheul eines einzelnen Wolfes aus dem dunklen Tann. Aus der Ferne antwortet ihm das Rudel. Alle denken sofort an den entflohenen Räuber. »Habt ihr es gehört? Wolfgeheul! Da habt ihr drei aber Glück gehabt, nicht weggelaufen zu sein. Weit wärt ihr nicht gekommen. Euer Kumpan hat jetzt sicher ein großes Problem«, teilt Balduin den drei Räubern schadenfroh mit.

Die drei, welche man überwältigt hat, sitzen jammernd und gefesselt an einem Baum. Balduin steigt vom Pferd, geht auf sie zu und zieht einem von ihnen das Tuch vom Gesicht.

»Da schau an, da ist ja unser gemeinsamer Weggefährte Walter der Vorlaute aus Bensberg. Mal schauen, ob der andere auch dabei ist.«

Ulrich hat währenddessen den beiden anderen das Tuch heruntergezogen.

»Oh schade«, stichelt Balduin, »da ist dein Kumpane Otto also eben in den Wald gesprungen. Na, das macht nichts, der Wolf wird das schon übernehmen. Wir nehmen euch mit nach Thurant. Sicher hat Berlewin ein nettes, sauberes Verlies für euch drei Vögel.«

Inzwischen hat die Wanderapothekerin die Wunde der Bäuerin gesäubert, mit einer Salbe eingerieben und verbunden. Auch dem einen der Wegelagerer schient sie den gebrochenen Arm mit ein paar Ästen.

Alle drei werden erst einzeln, dann zusammen an einen langen Strick gebunden. Diesen befestigt man an einem Wagen der Bauern. Langsam setzt sich die Gruppe wieder in Bewegung. Die Strolche dürfen den Weg Richtung Koblenz über Stock und Stein laufen. In Gedanken an den Vorfall ziehen sie schweigend weiter.

»Wohl an«, unterbricht Reinmar die Stille. »Das war ein gelungener Streich.« Und weiter: »Geschrei hört man im Wald verhallen, als vier Bösewichte uns wollten überfallen. Mit Knüppeln und mit einem Bogen, den Kürzeren haben sie allesamt gezogen. Gebrochen ein Arm, am Kopf eine Beule, nichts blieb ihnen – nur Gejammer und Geheule.«

»Oha«, hört man nun Balduins Stimme. »Der Dichter reimt sich etwas zusammen!«

Lachend stimmt Georg ein: »Wo bleiben die edlen und mutigen Ritter in Eurem Gedicht?«

Jetzt äußert sich auch einer der Bauern: »Während ihr Herren gut gerüstet mit Schwert und Kettenhemd seid, ist Ulrich von Bensberg mit einem Knüppel losgezogen, um größeres Unheil zu vermeiden. Ihm gebühren Ehre und Gedicht.«

Die Ritter schauen grinsend zur Seite und Ulrich errötet bis an den Haarwurzeln.

»Wohl gesprochen, Bäuerlein«, meint Reinmar. »Ich werd's mir merken.«

Ankunft auf Burg Thurant

Drei Tage später kommt die Gruppe müde, aber unversehrt in Koblenz an. Die Bauern mit ihren Frauen bleiben in der Stadt. Gregor verspricht den Bauern, mit Engelbert von Bensberg zu sprechen, damit sie für ihre Unterstützung eine Belohnung erhalten. Wally, die Apothekerin, schaut Gregor an und sagt: »Habt Dank für Euren Schutz. Ich suche einen bekannten Gewürz- und Kräuterhändler auf, um meine Vorräte aufzufrischen. Vielleicht trifft man sich einmal wieder.« Mit diesen Worten verabschiedet sie sich von den Rittern und Ulrich und geht ihrer Wege.

Georg versucht in der Nähe der alten Burg, einen Schiffer zu finden, der die vier mit den Pferden und den drei Gefangenen die Mosel herauffährt. Es sind noch einige Meilen bis zur Burg Thurant. Schließlich hat er Glück und bekommt die Zusage, die Gruppe sowie deren unfreiwillige Begleiter bei gutem Ostwind nach Alken zu segeln. Es geht auf jeden Fall etwas schneller, weil die Pferde vom langen Ritt ebenfalls ermüdet sind. Außerdem kommt man ausgeruht auf Thurant an.

Am späten Nachmittag, der Segler passiert gerade die Alkener Lay, einen fast bis in die Mosel reichenden spitzen Felsen, sieht man links auf der Anhöhe die trutzige Spornburg auf einem kahlen und schroffen Fels stehen. Plötzlich kommt Reinmar von Zweter zu der Gruppe am Bug des Schiffes.

»Ich wollte in den letzten Tagen nicht auffallen und unerkannt hierherreisen. Gestattet, Reinmar von Zweter, Spruchdichter und Sänger auf Thurant.«

»Ich weiß, wer du bist«, antwortet Georg. »Auch haben wir gesehen, wie du gegen die Strolche vorgegangen bist. Du bist ein mutiger Bursche. Ich werde das bei Berlewin lobend erwähnen.«

»Ich möchte dem jungen Herrn Ulrich erklären, dass die Burg Thurant zum Teil auf alten römischen Grundmauern errichtet ist.«

»Warum heißt die Burg Thurant?«, will Ulrich wissen.

»Der damalige Pfalzgraf Heinrich, ein Bruder von König Otto IV., erbaute die Burg so um 1198, als er vom Kreuzzug nach Hause kam. Die Römer müssen schon auf dem Hügel gehaust haben. Ein Unbekannter hat dort bereits eine Befestigung errichtet, bevor Heinrich den Auftrag für den Bau von Thurant erteilte. Nach nur acht Jahren war das Werk vollbracht und wird seitdem ständig erweitert und befestigt. Bei diesem Kreuzzug haben die Kreuzritter vergeblich versucht, die Syrerfestung Thuron, die liegt im Libanon, einzunehmen. Das veranlasste Heinrich, der Burg den Namen Thurant zu geben«, gibt Reinmar zur Antwort.

In Alken geht die Gruppe an Land. Georg bezahlt den Schiffsmann fürstlich für seine Dienste. Als alle wieder festen Boden unter den Füßen haben, kommt Reinmar neben Ulrich und lässt es sich nicht nehmen, ihm auch etwas über Alken zu erzählen: »Die Bewohner Alkens sind überwiegend Winzer, die neben ihren Weinbergen noch ein paar Stück Vieh im Stall stehen haben. Des Weiteren gibt es Kleinbauern und Fischer. Die Kuh ist nicht nur für die Milch, sondern wird auch als Zugtier für die Arbeit der auf den Höhen liegenden Feldern eingesetzt. Ein Pferd können sich nur die wenigsten der Freien leisten. Es gibt noch ein paar Handwerker und Tagelöhner. Alken liegt außerdem an vier Handelswegen. Einer kommt aus der Eifel durch das Mühlental im gegenüberliegenden Kattenes an die Mosel.« Dabei zeigt er in die entsprechende Richtung. »Ein weiterer Weg verlässt Alken durch das Bachtal in Richtung Hunsrück und führt an den Rhein. Die beiden anderen Wege verlaufen rechts und links des Mosellaufes. Auf allen Wegen hält man die Handelszüge an, um den jeweiligen Zoll, je nach Wert der Waren, zu erheben. Sogar auf der Mosel fahrende Handelsschiffe werden angehalten und eine Abgabe verlangt. In Kattenes, der Name kommt aus dem Lateinischen (Catena und heißt Kette), hat man eine lange Kette auf den Grund der Mosel gelegt. Gibt nun der Türmer auf der Burg tagsüber ein Zeichen mit Rauch oder in der Nacht mit Feuer, wird die Kette mit einer Spindel angezogen und das moselabwärtsfahrende Boot abgefangen, sollte der Schiffsführer nicht freiwillig in Alken anlanden und die "Maut" entrichten.«

Ulrich hat genau zugehört und muss über das Gesagte herzhaft lachen.

»Warum lachst du?«, hört er einen der Ritter fragen.

Ulrich gibt das Gesagte von Reinmar den Rittern weiter. Auch sie fangen an zu lachen, da sich alle vorstellen können, wie komisch das aussieht, wenn ein Schiff mit einer Kette abgefangen wird.

Reinmar gibt nach der kurzen, humorigen Pause weitere Erklärungen ab: »Alken ist durch eine Stadtmauer geschützt. Sie ist zwischen sechs bis acht Metern hoch und hat eine Dicke von gut zwei Metern. Es gibt fünf Tore. Moselaufwärts gibt es den stark gesicherten Fallerport. Davor ist ein Graben, sechs Meter tief und zwölf Meter breit. Ein weiteres Tor befindet sich am Ortsende moselabwärts mit einem weiteren Graben, durch den ein Bach verläuft. Es gibt noch eine Mauer, die das Bachtal

Richtung Hunsrück sperrt. Eine weitere zieht sich von der Michaelskapelle über den Hexenturm, einen Wehrturm mit bewachtem Durchgang, durch die Weinberge bis zur Vorburg hoch. Diese Mauer hat drei Türme.«

Ulrich ist beeindruckt von der unüberwindlich scheinenden Befestigung Alkens. Am moselseitigen Tor werden sie eher nachlässig kontrolliert, als ein Fremder zu ihnen tritt. »Seid gegrüßt, Ihr Herren. Ich vernahm, Ihr zieht nach Thurant hinauf. Dort drüben liegt mein Schiff und ich habe einige Waren, die zur Burg gebracht werden sollen. Könntet Ihr die mit Euch führen? Der Burggraf hat mich bereits entlohnt. Nur müsstet Ihr noch ein Zugpferd ausleihen. Einen Karren könnte ich besorgen.«

»Unter diesen Umständen sind wir Euch behilflich«, antwortet Gregor. »Ulrich, geh derweil in den Ort und besorge ein kräftiges Zugpferd!«

Gehorsam begibt er sich in den Ort und fragt einen Bewohner, wo er ein Pferd ausleihen kann. Der Mann schickt ihn zur Treidelstation, wo die Händler ihre Pferde wechseln. Man wird sich schnell handelseinig. Ulrich geht in den Stall und wählt einen gesund aussehenden Kaltblüter aus, legt ihm Zaumzeug an und führt ihn auf die Gasse. Dort bleibt der Gaul stehen und rührt sich nicht mehr von der Stelle.

»Nun mach schon«, versucht es Ulrich mit guten Worten. »Verflixter Zosse, bewege dich.« Er wird unruhig, denn auch ziehen und schieben sind erfolglos, zumal sich ein paar Burschen und Kinder das Schauspiel ansehen und feixen.

Dann endlich kommt ein älterer Mann auf ihn zu. »Junge, das wird bei diesem Viech nicht gelingen. Gehe dort in die Taverne und hole einen halben Liter Wein!«

Erst schaut Ulrich verwundert, geht aber dann, wie ihm geraten. Kaum zurück, sieht ihn das Pferd an und scheint zu grinsen, bevor es sein Maul in die Schale versenkt und diese mit kräftigen Schlucken leert. Anschließend läuft es fast selbständig zum Moselhafen und lässt sich vor den bereits beladenen Karren spannen.

»Du warst lange unterwegs, um ein Pferd auszuleihen«, bemerkt Balduin.

»War schwer zu verhandeln, das braucht seine Zeit«, antwortet Ulrich und schweigt über die übrigen Geschehnisse.

Langsam zieht die Gruppe durch den Ort bis zum Stadttor, welches der Burg am nächsten liegt. Der Torwächter lässt sich genau erklären, wer die Reisenden sind und wohin sie wollen. Als Balduin ihm erklärt, auf Einladung von Berlewin von Alzey nach Thurant zu kommen und ihm das Schreiben mit dem Thuranter Siegel zeigt, öffnet er demutsvoll das Tor.

»Das hat ihn aber beeindruckt«, bemerkt Georg. »Lesen konnte der Wächter bestimmt nicht!«

Ulrich reitet mit den drei Rittern sowie Reinmar und den Gefangenen immer stetig bergauf. Auf der Hälfte des Weges sieht er unter sich Alken liegen.

In diesem Augenblick ertönt von der Burg herab ein Horn, das heißt, man hat sie gesehen und der Hörnerklang sagt ihnen, dass sie an ihrem offen getragenen Wappen erkannt wurden.

Ulrich schaut nach oben. Er bemerkt, dass es drei Ringmauern sind, die die Burg umschließen, sogenannte Zwinger. Als er sich umdreht, sieht er hinter sich die dicke Steinmauer, die Alken schützt, dann vor sich eine Mauer mit einem massiven Wehrturm, Graben und Zugbrücke. Auch dort werden sie angehalten und befragt. Diese vorgelagerten Befestigungen dienen dem

Schutz der Burg gegen die Westseite und müssen erst einmal vom Feind eingenommen werden, sollte er es wagen, die Veste anzugreifen. Jetzt stehen die Ankömmlinge vor dem Halsgraben mit der Zugbrücke, der Vorburg. Die Zugbrücke ist heruntergelassen und alsbald wird ein großes, mit Eisenspitzen beschlagenes Fallgitter nach oben gezogen, dahinter ein dickes Burgtor, das sich ebenfalls gerade öffnet. Zwei bewaffnete Wachmänner treten hinaus und begrüßen die Ankömmlinge.

Georg hält kurz am Tor an und teilt den beiden mit, wer sie sind und dass man ihnen die drei Strolche doch abnehmen und ins Verlies werfen soll. Die drei Gestalten werden sofort abgesondert und weggebracht.

An einer Tür stehen drei Pferdediener, die den Ankömmlingen ihre Pferde abnehmen. Ein weiterer Diener bittet sie, ihm zu folgen. Er führt die Gäste durch einen breiten Durchgang zur Linken an einem Wohngebäude und rechts an einem Wehrturm vorbei. Im Burghof angekommenen, geht es ein Stück über einen weiteren Wehrgang. Jetzt stehen sie vor einer massiven Holztür. Der Diener öffnet und bittet die Ritter und Ulrich, in den Rittersaal einzutreten. »Unser werter Herr Berlewin von Alzey ist von Eurem Eintreffen informiert und wird sich jeden Augenblick zu Euch gesellen. Die Küche ist angewiesen, den hohen Herren ein Mahl zu reichen. Eine Magd wird sogleich frisches Bier und kühlen Wein auftragen. Ich darf mich derweil empfehlen.« Damit schließt der Diener die Tür.

»Was war das denn für ein Waldschrat?«, brummt Georg. »Wenn die hier an der Mosel alle so sind, reite ich mit Euch wieder zurück.« Sein Blick streift zweifelnd Ritter Balduin.

An der Längsseite des Rittersaales steht ein großer Tisch mit Kerzenleuchtern darauf. Die fünf setzen sich und bestaunen den reichhaltig geschmückten Saal. An den Wänden hängen

Wildschweinköpfe und weitere Jagdtrophäen, Lanzen und Schwerter, sowie edle Teppiche und das Wappen von Thurant in gelb und schwarz. Auf schwarzem Grund zeigt es einen gelben, steigenden, badischen Löwen. Jetzt entdeckt Ulrich auf den Stühlen eine Schnitzerei, einen Adler und eine Rose. Der Adler steht für freie Meinungsäußerung, das heißt, jeder kann offen reden, ohne dafür gerügt zu werden, wenn er widerspricht. Die Rose bedeutet Verschwiegenheit, also alles, was in dem Raum bei einer Beratung gesprochen wird, unterliegt der absoluten Geheimhaltung. Kurze Zeit später öffnet sich die Tür und drei Bedienstete tragen ein reichhaltiges Essen herein. Auf Platten wird ihnen gebratenes Fleisch, Fisch, Gemüse und Obst gebracht. Kannen mit Würzwein und Wasser sowie schäumendes Bier werden von einer Magd ebenfalls auf den Tisch gestellt. Silberbecher, Holzteller und Löffel sowie Messer werden vor die Ritter, Reinmar und Ulrich gelegt. An einem leeren Platz an der Stirnseite des Tisches stellt man Gleiches hin. Dort wird Berlewin, der Hausherr, Platz nehmen.

Gerade als Balduin den Wein in die Becher gießt, öffnet sich die Tür und der pfalzgräfliche Burgvogt, Berlewin von Alzey, betritt den Saal. Groß, von kraftvoller Gestalt, mit vollem, auf die Schulter fallendem Haar und festem Blick, schreitet der Burgherr auf seine Gäste zu. Er trägt eine dunkelblaue Tunika, helle Leinenhosen und Reitstiefel aus feinem Leder, um die Hüfte einen breiten Gürtel, an dem ein Messer und eine Geldkatze hängen.

Die Ankömmlinge erheben sich. »Wir begrüßen den Herrn von Thurant und freuen uns, Euch Ulrich, den Sohn Eures Freundes Engelbert von Bensberg gesund und unversehrt hergebracht zu haben.«

Dabei zeigt er auf Ulrich, der sich sofort verneigt, um dem Burgherrn seine Hochachtung zu zeigen. »Ich, Ulrich von Bensberg, begrüße den Herrn von Thurant und bedanke mich, im Namen meines Vaters, hier bei Euch meine Knappenzeit verbringen und weitere Ausbildung erfahren zu dürfen.«

Berlewin schaut sich Ulrich lange und genau an. Dabei bekommt Ulrich wieder einmal einen roten Kopf und weiß auch anfänglich nicht, wohin er schauen soll.

»Setzt Euch wieder, Ihr Ritter aus den Bergischen Landen und du Reinmar, alter Freund. Es ist mir eine Ehre und auch eine Freude, Ulrich die Knappenausbildung angedeihen zu lassen. Ritter Olgert von Alkena, Waffenmeister auf Thurant, wird in den nächsten Tagen mit der praktischen Ausbildung beginnen.«

An Ulrich gewandt, fährt er fort: »Da wir keinen eigenen Priester auf der Burg haben, gibt es einen Mönch, der gleichzeitig Lehrer der Knappen ist. Jeden Morgen nach dem Frühstück lehrt er Latein, Rechnen, Schreiben und Lesen. Wenn man Ritter werden möchte, benötigt man ausreichende Bildung. Am Nachmittag geht es weiter mit Pferdepflege, Reitunterricht und der Waffenkunde. Ulrich, deine Ausbildung wird hart werden. Aufgrund deiner Herkunft hast du dennoch keine Sonderstellung gegenüber den anderen Knappen. Du kannst aber bei Belieben jederzeit zu mir kommen und ein Anliegen vortragen. Du wirst genau wie vier weitere junge Knappen in deinem Alter im Knappenhaus untergebracht. Ihr seid eben daran vorbei gegangen.«

Ulrich hat genau zugehört und ist leicht erschreckt über die Anforderungen, die an ihn gestellt werden. So anstrengend hat er sich das als Sohn eines Adligen nicht vorgestellt. »Herr Berlewin«, hört er plötzlich Georg sprechen: »Ich werde solange auf Thurant bleiben, wie die Ausbildung von Ulrich dauert. So ist es mit Engelbert von Bensberg vereinbart. Natürlich stehe ich auch Euch zur Seite, wenn Ihr mich braucht. Balduin und Gregor müssen übermorgen wieder zurück nach Bensberg. Herr Engelbert erwartet sie zurück.«

Berlewin schaut erst Ulrich, dann Georg an. Damit hat er nicht gerechnet. Aber einen zusätzlichen Ritter kann eine Burg hier immer gebrauchen. »Das gefällt mir, Georg, bleib auf Thurant und du erhältst eine Kammer im Gästehaus, das sich hinter dem Knappenhaus befindet. Du wirst gleich dorthin geleitet. Herr Reinmar hat dort auch seine Kammer, wenn er sich hier aufhält.«

Nachdem alle die servierten Speisen und den Wein gelobt haben, teilt Berlewin den Rittern und Ulrich mit, dass er ihnen morgen die Burganlage zeigen werde.

Georg erinnert sich an die drei Gefangenen und bittet Berlewin, über diese Strolche doch in Kürze Gericht zu halten.

Als sie aufbrechen, kommt ein Diener und nimmt Ulrich mit hinüber zum Knappenhaus. Berlewin selbst zeigt den drei Rittern ihre Unterkunft. Aus der Burgküche sind Mägde in den Rittersaal gekommen, um die Reste des reichhaltigen Mahles und das Geschirr in mitgebrachte Körbe zu räumen.

Die anderen Knappen liegen bereits schlafend unter den Decken auf ihren Lagern, als Ulrich im Knappenhaus ankommt. Müde und geschafft von den Anstrengungen des Tages kriecht er leise unter die Decke.

Am anderen Morgen geht Ulrich mit den anderen vier Knappen in ein angrenzendes Zimmer, das diesen für die Einnahme des Essens, als Aufenthaltsraum und Schulzimmer dient. Er stellt sich den vieren als Ulrich von Bensberg vor, verbunden mit dem Wunsch, die Ausbildung sorgenfrei zu beginnen und später mit Erfolg abzuschließen. Die vier Knappen betrachten ihn von oben bis unten mit skeptischen Blicken, nennen dann kurz ihren Namen und den Ort, wo sie herkommen.

»Ich bin Claus von der Burg Olbrück. Die liegt nördlich von hier im Nettetal.«

Ein etwas fülliger, untersetzter Junge mit flachsblondem Haar: »Josh von Alkena, mein Vater ist hier der Waffenmeister.« Er hat einen rotblonden Schopf und wirkt schlaksig. Seine Augen scheinen überall zu sein.

»Ich heiße Florian vom Zehnthof in Windiga. Das liegt ein Stück von Koblenz entfernt am Rhein. Nennt mich einfach Flo.« Er ist ein Kerl mit ruhigem, bedächtigem Auftreten.

»Man nennt mich Franzisko von Waldeck. Mein Vater ist Vogt auf der Burg Waldeck im Hunsrück. Mich ruft man nur Fran.«

»Kleiner als die anderen mit einem unruhigen Wesen«, denkt Ulrich, »mal sehen, ob ich sie alle richtig eingeschätzt habe.«

Der Morgen hat gerade begonnen. Es ist noch nicht richtig hell und muss so um die sechste Stunde sein, da gibt es Haferschleim mit Obst und Grütze. Auch Wasser, das mit ein klein wenig Wein schmackhaft gemacht wird, reicht ihnen ein mürrischer Knecht. Unangenehmer Atem streift Ulrich, da wird die Tür aufgestoßen. Ein Ritter, in leichtem Rüstzeug gekleidet, kommt herein, gefolgt von Georg. Ersterer ruft fröhlich: »Guten Morgen, Jungs! Ich hoffe, unser neuer Knappe Ulrich von Bensberg hatte eine gute Nacht und sich den anderen schon vorgestellt. Ich bin Ritter Olgert von Alkena, Waffenmeister auf Thurant und euer Ausbilder. Wir werden herrliche Monate erleben, hart arbeiten und doch Spaß haben.

Für euch vier, das hier ist Ritter Georg, er ist mit Ulrich hierhergekommen und wird mich bei der Ausbildung unterstützen. Ulrich, dein erster Lehrtag beginnt morgen nach dem Frühstück in der Kapelle. Nach dem Frühgebet lehrt euch unser Mönch Dietrich im Knappenhaus Latein, Rechnen, Schreiben und Lesen. So, und jetzt zeige ich dir und Georg erst mal die Burg.«

Ulrich lernt die Burg kennen

Als die drei aus dem Haus treten, sieht Ulrich das Burginnere mit anderen Augen. Gestern wollte er nur etwas essen und sich ein wenig von der Reise ausruhen. Ritter Olgert geht vom Wohnhaus der Knappen nach links. Sie durchschreiten einen breiten Durchgang und kommen in den sogenannten Ehrenhof.

»Hier werden wir in den nächsten Tagen Gericht halten über die drei Tunichtgute, die ihr auf eurem Weg hierher gefangen nehmen konntet. Das Niedergericht, geleitet von unserem ehrenwerten Berlewin von Alzey, wird sicher für dich keine Seltenheit sein. Bei deinem Vater wird es ähnlich sein. Und hier hinter uns«, dabei dreht er sich um, »siehst du übrigens das Domizil für die Ritter. Die Mägde schlafen in verschiedenen Dachkammern und die meisten Knechte in den Ställen beim Vieh. Dort ist es in den Nächten warm. Da drüben ist unser Bergfried. Von dort oben hat man einen guten Blick hinab ins Moseltal und auf die Höhen des Maifeldes und den Hunsrück.«

Mit gemäßigten Schritten gehen sie durch den Burggarten. Ein kurzer Blick genügt Ulrich, um an einem Blumenbeet ein schlankes Mädchen zu sehen. Die lockigen, braunen Haare sind von einer Haube auf dem Kopf kaum zu bändigen »Die gefällt mir«, denkt er, als er von hinten angesprochen wird.

»Ja genau, du bist ja schon in dem Alter, wo man gerne nach den Mädchen schaut. Aber mach dir keine Hoffnung, das ist Klara, die Tochter von Irmingard von Isenburg und man munkelt, dass sie wohl auch die Tochter von Berlewin ist. Aber behalte das ja für dich und rede mit niemandem darüber. Sonst könntest du schneller wieder im Bergischen sein, als eine alte Krähe dorthin fliegt.«

Ulrich dreht sich noch einmal um und schaut zurück. Just in dem Augenblick hebt Klara den Kopf und sieht ihn an. Er steht zwar einige Schritte entfernt von Klara, trotzdem sieht er ein Lächeln auf ihrem Gesicht.

Ritter Olgert von Alkena bleibt vor der Kapelle stehen und zeigt Ulrich, dass am Eingang der Kapelle der Treffpunkt für den theoretischen Unterricht mit dem Mönch Dietrich ist. Über der Kapelle bemerken die beiden Gäste, dass ein Obergeschoss entsteht. Ritter Olgert lenkt seine Schritte nach links. Er zeigt Georg den Weinkeller. Er geht über den Hof und einige steinerne Stufen hinauf. Die beiden folgen dem Ritter, und stehen nun auf einem hölzernen Wehrgang, gebaut aus starken Balken und Bohlen, der außerhalb an der Burgmauer hängt. Beide schauen hinab und sehen die Mosel und direkt unter sich Alken liegen. Ulrich sieht auf dem Wehrgang an allen strategischen Punkten Wächter stehen. Am Tag und in der Nacht verrichten sie hier oben ihren Dienst. Sie halten Ausschau, ob im Umland der Burg alles in Ordnung ist und kein Unfrieden droht. Insgesamt sind hier auf dieser Seite acht Wächter, die sich ehrfürchtig vor den Rittern verneigen. Ulrich aber wird nicht sonderlich beachtet.

Einige Meter weiter erblickt er ein kleines rotes Fähnchen und bleibt stehen. Die beiden Ritter haben es auch bemerkt. Vor ihnen liegt eine der Außentoiletten, Aborterker genannt. Eine ist derzeit besetzt. Kurze Zeit später kommt ein Ritter heraus, der freudig auf die drei zukommt. Schon einige Schritte, bevor er bei Ulrich und den beiden ist, spricht er ihn an.

»Hallo junger Freund, ich bin Ritter Ansgar von Portas, Befehlshaber über die Söldner und die Wachmannschaft. Ich freue mich, jemanden hier auf der Burg begrüßen zu können, der wie ich in der gleichen Gegend zuhause ist. Herzlich willkommen.

Wenn du mal einen Rat brauchst und Olgert wieder einmal durch Abwesenheit glänzt, komm zu mir.« Er nickt Georg und Olgert zu und schreitet lachend davon, nur um ihn Augenblicke später laut mit einem der Wächter schimpfen zu hören. »Holla! Wie stehst du hier herum? Ein verlauster Straßenköter ist eine Zierde gegen dich. In einer Stunde meldest du dich bei mir und zwar von allem Schmutz gereinigt und herausgeputzt wie eine junge Magd, die zum Tanz geführt werden will! Und jetzt schleiche dich hinweg.«

Ulrich schaut erst einmal irritiert die beiden Ritter an. Olgert teilt ihm und Georg mit, dass Ritter Ansgar aus dem Kölnischen stammt und Berlewin schon viele Jahre dient.

Am Ende des Wehrganges kommen sie zum Jagdzimmer von Berlewin. Sie treffen Ritter Boos von Waldeck von der Burg Waldeck und Ritter Philipp von Schöneck von der Reichsburg Schöneck. Beide sind zum Jagdvergnügen hier auf Thurant und streiten sich immer, wer die beste Jagdtrophäe mit auf die Burg gebracht hat. Beide erkennen Olgert und Georg. Lächelnd gehen beide Ritter auf sie zu. Ulrich erhält nur ein kurzes Kopfnicken.

»Worüber streitet ihr euch jetzt wieder? Geht es wieder um eure Jagdtrophäen?«, fragt Olgert.

»Ja genau«, antwortet Ritter Philipp. »Sag uns«, und zeigt auf zwei auf dem Boden liegende Stücke erlegtes Wild, »wer hat die beste Trophäe?«

Olgert schaut Ulrich an und sagt: »Das kann unser junger Knappe entscheiden, der ein Ritter werden will. Es ist Ulrich von Bensberg«, und zeigt auf seinen jungen Begleiter.

Fragende Blicke von vier Rittern auf sich gerichtet, fällt Ulrich erst mal nichts ein. Er schaut auf ein großes Wildschwein und auf einen kräftigen Rehbock.

Da er nicht weiß, wer was erlegt hat, kommt ihm doch plötzlich eine Idee.

»Ehrenwerte Ritter, warum streiten sich zwei der edelsten Herren dieser Gegend über eine Jagdtrophäe? Das Fleisch beider erlegten Tiere mundet nicht nur jedem Feinschmecker, sondern auch dem Volk von Alken. Gebt je ein halbes der Tiere dem Priester der Michaelskirche von Alken für die Bedürftigen und die anderen Hälften sollen auf der Burg gegessen werden. Zwei Entscheidungen wären somit von alleine erledigt. Man bejubelt in Alken die Großzügigkeit der Ritter, welche die Spende brachten und hier lässt man sich das Fleisch bei einem Festessen munden, zum Lob der beiden Jagdherren.«

Die vier Ritter schauen Ulrich wie einen Geist an. Georg schmunzelt. Ritter Olgert staunt über die Schlauheit von Ulrich. Die beiden anderen Ritter, Philipp und Boos, schauen sich an und fangen gemeinsam an zu lachen.

»Was habe ich gesagt?«, denkt Ulrich und wird rot bis über beide Ohren.

»Ulrich, das, was du uns jetzt gesagt hast, hat sich noch keiner gewagt. Es ist eine wunderbare Predigt, die du uns gehalten hast und wir danken dir herzlich dafür. Die Idee ist wunderbar und wir werden das sofort in die Tat umsetzen.«

Ulrich ist erleichtert, er hat schon mit einer ritterlichen Schelte gerechnet. Die drei verlassen das fürstliche Jagdzimmer und gehen erneut über den Wehrgang. Im Hintergrund hören sie den mächtigen Bass von Ritter Philipp: »Sofort vier der Knechte mit Tragen zu mir! Und bringt mir den Koch mit seinem schärfsten Messer und Fleischbeil mit, damit er das Wildbret aufteile!«

Vom Jagdzimmer betreten die vier ein hölzernes Treppenhaus, welches außen am Bergfried angebracht ist. In einer Höhe von ungefähr zehn Metern betreten sie so den Wehrturm. Unter ihnen im Geschoss befindet sich ein Raum zur Befragung von Gefangenen sowie eine solide Gitterzelle und im Untergeschoss das eigentliche Verlies.

Ulrich schaut in die Gitterzelle und sieht die bekannten drei Strolche auf dem Boden liegen. Einer der drei bemerkt den unverhofften Besuch und steht auf. Er schaut Ulrich direkt ins Gesicht und schreit ihn an: »Auch dir haben wir es zu verdanken, dass wir hier eingesperrt sind. Dafür soll dich der Teufel holen!« Dabei spuckt er durch das Gitter und trifft Ulrich mitten ins Gesicht.

Georg will einschreiten und lässt nach dem Wächter rufen. Ritter Olgert beruhigt Georg und reicht Ulrich ein Leinentuch, damit er sich das Gesicht reinigen kann. »Wir werden das bei der Gerichtsverhandlung mit einbeziehen, verlasst euch darauf!«, ruft Olgert erbost in Richtung der Zelle. »Den Großteil der Burg habt ihr nun gesehen. Jetzt zeige ich euch den Übungsplatz für die Ritter und Knappen. Dann die Rüstkammer, damit Ulrich weiß, wo er in Zukunft mit den anderen vier unsere Rüstungen und Waffen zu pflegen hat. Gleich daneben befindet sich der Stall für das Schlachtross sowie das Reitpferd unseres Burgherren.«

Am Übungsplatz angekommen, sehen sie Ritter Brennero, der auch *»der Brenner«* genannt wird und bester Freund, Berater sowie Waffengefährte von Berlewin ist. Einer der vier Knappen ist im Moment Übungspartner von Ritter Brennero. Er ist ein ausgefuchster Kämpfer und der Junge hat somit ein paar Stunden vor sich, in denen er nicht nur schwitzen und einiges einstecken muss, sondern überwiegend etwas über Kampftechniken lernt. Ulrich wird freundlich von Ritter Brennero begrüßt. Georg kennt er ja schon seit der Übernachtung im Wohnhaus der Ritter.

Auf dem Weg in die Wirtschaftsgebäude der Burg treffen die drei auf einige Handwerker, die gerade den Dachstuhl über der Kapelle als neue Wohnstätten für die Burg errichten. Olgert erklärt den beiden, dass viele Bedienstete und Söldner auf der Burg leben.

»Zeitweise leben hier um die einhundert Personen und der Platz ist beengt«, erklärt der Waffenmeister seinen Begleitern. »Es müssen neue Wohnstätten errichtet werden und die Festung wird stetig erweitert. Unser Mönch Dietrich ärgert sich darüber, dass über der Kapelle gebaut wird, weil er gern beim Beten in den Himmel schaut. Mitten in der Decke der Kapelle gibt es eine Öffnung. Durch diese schaut Dietrich in Richtung Himmel. Jetzt beschwert sich der Mönch bei Berlewin, wie er denn jetzt in Richtung Himmel beten kann, wenn über der Kapelle ein neuer Wohnraum entsteht. Eine zufriedenstellende Antwort bekam der Mönch von Meister Ottmar von Ruitsch. Er ist der Baumeister und hat die Aufsicht über die Bauhandwerker. Das sind die Steinmetze, Maurer, Mörtelmischer, Maler, Balkenleger und Zimmerleute. Er hatte die Idee, neben dem Neubau auch alle Dächer einzuschiefern, damit Angriffe mit Brandpfeilen nicht unbedingt von Erfolg gekrönt sind.

Meister Ottmar hat dem Mönch den Vorschlag gemacht, die Öffnung zu verschließen. Die Balken an der Decke werden neu eingezogen und die Zwischenräume so bemalt, dass man einen Himmel an der Decke sieht. Der Mönch war so erstaunt und begeistert und hat dem zugestimmt. Und somit ist der Weg vom Altar zum Himmel wieder frei und der Herrgott hat ebenfalls die Möglichkeit, in die Kapelle zu schauen«, setzt Olgert verschmitzt grinsend hinzu. »Außerdem habe ich unserem Mönch angeboten, doch selbst einen Pinsel in die Hand zu nehmen, damit das Werk gut gelingt.«

Olgert, Georg und Ulrich gehen wieder einige Meter zurück und betreten die unter dem Rittersaal gelegenen Wirtschaftsräume der Burg. Gerade kommt Elsbeth, auch »Els« genannt, Herrin über die Burgküche und will schon schimpfen, als sie die beiden Ritter erkennt und sich dann doch zurückhält. Sie macht einen tiefen Knicks vor ihnen. Olgert stellt ihr Ulrich als neuen Knappen vor. Els begrüßt auch ihn und sagt unverblümt: »Wenn du doch mal Hunger zwischendurch bekommst, melde dich einfach bei mir. Doch lass dich nicht dabei erwischen, etwas zu stibitzen. Neben der Schelte lernst du dann auch meinen Kochlöffel kennen. Jetzt muss ich mich entschuldigen. Ich habe zu tun.«

Ritter Olgert schaut die beiden Gäste an: »Nun kennt ihr schon einen Teil der Festungsanlage, den Rest werdet ihr mit der Zeit kennenlernen. Ulrich, du hast jetzt Freizeit bis morgen früh, schau dich einfach weiter um.« Er schlägt Georg kräftig auf die Schulter und sagt: »Und wir beide gehen jetzt etwas trinken!«

Plötzlich allein, schaut Ulrich sich um und entdeckt eine Treppe, die in einem dunklen Gang endet. Neugierig steigt er die Stufen hinab und sieht am Ende einen Lichtstreifen durch eine Tür schimmern.

Er öffnet sie und befindet sich hinter dem Pfalzgrafenhaus und dem Pferdestall. Auf dem dortigen Plateau stehen Stallgebäude an der hinteren Burgmauer. Dahinter geht es steil nach unten in Richtung Bachtal.

Mehrere Hühner kratzen und picken auf einem Misthaufen und Gänse laufen frei herum. Ein paar Schweine suhlen sich im Schlamm, einer vom letzten Regen übrig gebliebenen Pfütze innerhalb eines Pferches und einige Knechte sind mit der Pflege der Pferde des Burgherrn beschäftigt.

Einer von ihnen schaut zu Ulrich herüber, legt sein Werkzeug zur Seite und kommt auf ihn zu. »Sucht Ihr jemanden, junger Herr?«, fragt er mit einer angedeuteten Verbeugung. »Ich bin Paul und bin Euch gern behilflich.«

»Danke«, antwortet Ulrich. »Ich bin neu auf der Burg und möchte die Gegebenheiten kennenlernen. In diesem Teil der Burg war ich noch nicht. Willst du mich herumführen?«

»Wie Ihr festgesellt habt, befinden sich hier die Ställe für die Pferde unseres Herrn, auch haben wir Platz für ein paar Kühe und Ziegen. Dort ist die Milchküche, in der die Magd Irmela arbeitet. Sie stammt aus den östlichen Gemarkungen des Reiches und versteht sich vorzüglich auf die Herstellung von Butter und Käse.

Ulrich hört mit Interesse zu. Er nähert sich schnellen Schrittes der nächsten Stalltür, deren obere Hälfte offensteht, als er von dem Knecht am Arm gefasst und recht grob zurückgehalten wird.

Bevor Ulrich reagieren kann, ruft Paul: »Gebt acht, dort wohnt der Teufel«, und im gleichen Augenblick kracht etwas innen gegen die halb geschlossene Tür und es erscheinen darüber ein paar große, gebogene Hörner.

Erschrocken weicht Ulrich zurück und ruft: »Was ist das? Welches Ungeheuer verbirgt sich dort?«

»Seid unbesorgt und nähert Euch der Bestie nur langsam«, beruhigt ihn Paul. »Das ist Ferdinand, der bösartigste und hinterhältigste Geißbock im Moseltal. Es heißt, seine Vorfahren stammen aus dem Kölnischen und in den Stall wagen sich nur wenige unserer Leute. Es wurden schon Wetten abgeschlossen, wen er als nächstes auf die Hörner nimmt. Der Letzte war, soviel ich weiß, Ritter Olgert.«

Mutig geworden, nähert sich Ulrich vorsichtig erneut der Tür und schaut in den Stall. Da liegt auf dem Stroh am Boden, friedlich ausgestreckt, der wohl größte Geißbock, den Ulrich je gesehen hat. Mit glitzernden Augen beobachtet er seinen Betrachter, ohne sich zu rühren.

»So täuscht er Friedfertigkeit vor und wartet auf sein nächstes Opfer«, murmelt Paul und wirft Ferdinand einen vernichtenden Blick zu sowie eine halbe Rübe in den Stall.

»Für heute reicht es mir«, meint Ulrich. »Hab Dank für deine Erklärungen.« Er verabschiedet sich von Paul mit einem freundschaftlichen Handschlag und wendet sich wieder dem Gang und der Treppe zu, die ihn ins Burginnere führen.

Das Mädchen Klara

Nach dem Besuch bei Ferdinand schaut Ulrich sich im Burghof um und entdeckt den Durchgang in den Burggarten. Dabei erinnert er sich wieder an Klara und macht sich auf den Weg dorthin. Tatsächlich sieht er Klara auf einer Bank sitzen und in einem Buch lesen. Langsam geht er auf sie zu. Eigentlich will er nicht stören, als er sich doch leicht räuspert. Klara schaut auf und Ulrich fragt, ob er näher treten darf. Sie nickt und legt das Buch beiseite.

»Komm doch her zu mir. Du brauchst keine Angst zu haben«, hört er Klara sagen. Also geht Ulrich einige Schritte auf sie zu und begrüßt sie freundlich mit einer Verneigung. »Jungfer Klara, ich bin Ulrich von Bensberg und mache hier meine Ausbildung zum Knappen.«

»Ach, du bist das und von edlem Geblüt? Ich hielt dich für einen Diener des Ritters Georg. Das hat mich irritiert.«

»Ja«, antwortet Ulrich, »aber ist das für dich von Wichtigkeit, Jungfer Klara? Es ist bekannt, dass jeder, der Ritter werden will, vorher eine Ausbildung zum Knappen machen muss. Also soll ich es, nach meines Vaters Willen, auch tun. Bei uns auf der Burg geht das nicht, so wurde ich hierhergeschickt.«

»Ich freue mich, jetzt jemanden zu haben, mit dem ich mich unterhalten kann. Setz dich! Entschuldige meine Annahme, du wärest von niederem Stand. Ich darf mich nicht mit Bewohnern und Besuchern der Burg unterhalten, die nicht von Adel sind«, gibt Klara zur Antwort.

»Sind deine Eltern so streng?«

»Meine Mutter hat es verboten.«

»Was liest du da gerade?«, will Ulrich wissen.

»Oh, es ist ein Buch über die Kunst, mit Vögeln zu jagen. Es hat außerdem noch eine hervorragende Buchmalerei. Leider darf ich nicht mit auf die Jagd, also hole ich mir mit diesem Buch Information und Anregung.«

»Du interessiert dich für die Jagd? Warum fragst du nicht die beiden Ritter Boos und Philipp, edle Jungfer Klara?«

»Das hat meine Mutter auch verboten. Es sind Grobiane ohne Feingefühl für ein Mädchen wie mich, meint sie. Und unser pfalzgräflicher Burgvogt Berlewin wacht ebenfalls darüber.«

Ulrich, der sich gern mit Klara weiter unterhalten würde, hört plötzlich jemanden seinen Namen rufen.

Ulrich steht auf, schaut sich um und sieht den Knappen Claus an der Tür stehen und ihm zuwinken. »Ich muss mich wohl verabschieden. Darf ich beizeiten noch einmal mit Euch reden?«

»Natürlich, jederzeit«, ist die Antwort. Ulrich freut sich darüber und empfiehlt sich.

»Komm rein Ulrich, es gibt etwas zu essen!«

Jetzt verspürt Ulrich doch ein Hungergefühl und freut sich darüber, dass er gerufen wurde. Am Tisch sitzen die anderen ritterlichen Anwärter, die auf Ulrich gewartet haben.

»Guten Hunger euch allen«, ruft Claus über den Tisch. Ulrich freut sich sehr, in diese Runde aufgenommen worden zu sein.

Nach dem reichhaltigen Mahl öffnet sich plötzlich die Tür und Dietrich, der Mönch, kommt herein. »Das ist gut, euch alle fünf hier anzutreffen. Wir sind vollzählig und für euch beginnt morgen der erste Tag der Ausbildung. Ich freue mich wieder auf die Arbeit mit euch und den Neuankömmling.«

»Das ist aber nur seine Meinung«, flüstert Josh Ulrich zu.

Der Mönch schaut kurz hoch, schaut Josh an, und fährt fort. »Ich nenne euch beim Vornamen und ihr nennt mich Dietrich. Ich glaube, dass uns somit eine vertrauensvolle Zusammenarbeit gelingt. Vergesst aber nicht die richtige Anrede der Ritter. Sie lautet Herr, dann der Name. Ist euch das klar?« Er zeigt auf Claus und dieser nennt seinen Namen. Nacheinander kann der Mönch alle Vornamen richtig zuordnen: Claus, Josh, Florian, Franzisko und Ulrich.

»Wir sehen uns morgen nach dem Frühmahl«, er dreht sich um und geht. »Der kennt euch doch schon, was sollte das gerade?« fragt Ulrich seine Mitstreiter nachher.

»Wichtigtuerei«, winkt Fran nur ab.

Alle fünf machen sich auf, um ihre zukünftigen Arbeitsplätze anzuschauen. Franzisko weiß schon, wo sich der Übungsplatz befindet und ist stolz, es den anderen zeigen zu können. Unmittelbar hinter dem Übungsplatz steht ein Gerüst mit einer Seilwinde. Damit hebt man die Ritter in voller Rüstung auf ihre Pferde. Sie betreten zusammen die Rüstkammer und betrachten die Waffen und das dort verwahrte Rüstzeug. Florian greift nach einem der Schwerter und lässt es pfeifend durch die Luft sausen. Mutig schlägt er gegen einen Balken, so dass ein großer Splitter herausfliegt. Sie hören Schritte näherkommen und fahren erschrocken herum. Das Schwert fällt klirrend zu Boden.

Mit einem breiten Grinsen steht Ritter Brennero in der Türöffnung und begrüßt die fünf Anwärter: »Das nenne ich Disziplin, sich schon im Vorfeld seinen Arbeitsplatz anzuschauen. Mit dem Schwert könnt ihr morgen gleich anfangen.« Er gibt jedem der Jungen die Hand, so kräftig, dass es weh tut. Natürlich sind alle fünf stolz darauf, von einem Ritter angesprochen zu werden. Stolz gehen sie in die Kapelle, um sich dort für den morgigen Tag vorzubereiten. Da der Mönch in der Nähe sein Wohndomizil hat, sieht er die Jungen. Vier der fünf Knappen knien in der Bank, um ein kurzes Gebet zu sprechen.

Claus bleibt stehen. »Ich bin nicht gläubig, lasst mich damit in Ruhe!«

Ulrich bittet um eine gute Zeit und schließt Klara mit in sein Gebet ein. An der Decke, zwischen den Balken, sind schon die ersten Strichzeichnungen zu sehen.

Als Ulrich genau hinsieht, erkennt er zwischen den Balken Andeutungen von Sternen, Wolken und einen noch undeutlicheren Hintergrund. »Kommt mal mit«, werden sie von Ulrich angesprochen. »Lasst uns auf den Bergfried gehen. Dort gibt es das Burgverlies. Drei Gefangene sitzen darin, über die in Kürze hier Gericht abgehalten wird.«

»Sind das die drei Strolche, die ihr mitgebracht habt?«, fragt Josh.

»Ja genau, aber wir sollten auch höher gehen, um einmal in Richtung Alken zu schauen.« Kurz bevor die fünf den Bergfried besteigen, will Ulrich den anderen die drei Gefangenen zeigen. Kurz vor dem Verlies sagt Ulrich laut, damit es die drei Gefangenen hören: »Ich freue mich auf die Gerichts-verhandlung, die der Burgvogt Berlewin in Kürze abhalten wird, dann werden drei gefährliche Räuber verurteilt werden.« Dabei dreht er sich in Richtung der nachkommenden Knappen, lächelt und nimmt einen Finger vor den Mund, nur um nichts zu sagen.

Jeder der fünf schaut einmal kurz in das Verlies. Ulrich ist der Letzte, der reinschaut und den drei Räubern hämisch zuwinkt.

»Welcher hat dich angespuckt?«, fragt Josh.

»Der mit dem löchrigen, braunen Kittel«, antwortet Ulrich.

Josh geht nochmal zurück vor das Gitter. Unmittelbar danach ertönen Flüche und Geheul, während Josh sich wieder zu den anderen gesellt.

»Was war da los?«, fragen die anderen.

»Man spuckt keinen meiner Freunde an«, antwortet Josh und lässt eine Zwille unter seiner Tunika verschwinden, mit der er einen der Räuber angeschossen hat. »Normalerweise schleudere ich mit meiner Zwille mit Tonkügelchen, aber bei dem Gesindel mussten ein paar kleine Kiesel reichen.

Oben auf dem Bergfried, dessen Krone durch ein Walmdach geschützt ist, treffen sie auf den Turmwächter, der dort seinen Dienst versieht. Soeben hat er mit feuchtem Gras ein Rauchzeichen mit dem Feuerkorb gegeben. Ulrich erinnert sich an die Information von Reinmar. Er schaut gespannt in Richtung Alken. Außerdem sieht er ein Segelschiff. Es ist voll beladen mit Fässern und Kisten. Der Schiffseigner will vermutlich an der Mautstelle Alken vorbeidrücken und keine Gebühr zahlen. Gespannt sieht er, wie man am Ufer die Winde bedient. Langsam hebt sich die schwere Kette aus den Fluten der Mosel. Gespannt beobachten nun alle, was auf dem Fluss passiert. Einige Zeit später hören die Knappen und der Wächter ein Knirschen, so, als ob Holz gegen ein Hindernis fährt und dann zerbricht.

Das Handelsschiff wird tatsächlich von der schweren Kette gestoppt. Man sieht, dass das Schiff sich leicht dreht und seitlich an der hochgefahrenen Kette steht. Wie aus dem Nichts fliegt ein aus einer Armbrust geschossener Bolzen und bleibt im Mast des Schiffes stecken. Das bemerkt der Schiffseigner und ergibt sich in sein Schicksal.

Beim Verlassen des Bergfrieds kommt den Knappen Reinmar von Zweter entgegen. »Na, mein Freund«, beginnt Reinmar, »beginnst du dich einzuleben?«

»Ja, danke, darf ich dir meine Mitstreiter vorstellen, die ebenfalls die Ausbildung zum Ritter machen? Das sind Flo, Josh, Claus und Fran.«

»Ich bin Reinmar von Zweter und bin für den grausigen Gesang und entsprechende dummen Sprüche zuständig. Gehabt

Euch wohl und lasst mich keine Klagen hören.« Dabei geht er lächelnd seinen Weg.

Inzwischen hat Ulrich den Großteil der Burg kennengelernt. Langsam wird es Abend. Alle fünf gehen gemeinsam in ihre gemeinsame Kammer, spülen mit einem Becher Wasser noch etwas Käse und Brot hinunter, bevor sie sich zu ihren jeweiligen mit Stroh gefüllten Schlafstätten begeben und auf eine ruhige Nacht hoffen.

Am anderen Morgen läutet die Glocke an der Kapelle zur Laudes, vor dem Morgengebet. Das ist der Zeitpunkt, zu dem man aufsteht. Nachdem der Schlaf aus den Augen gerieben und schnell noch aus dem Wasserkübel mit kaltem Wasser Gesicht und Hände gewaschen sind, wird gefrühstückt.

Es läutet einmal zur Prim und jedermann beginnt mit der Arbeit. Pünktlich stehen die fünf Anwärter für die Ausbildung zum Ritter an der Kapelle, als Mönch Dietrich und Ritter Olgert auf sie zukommen und sie in die Kapelle bitten. Dort hält man das gemeinsame Frühgebet.

Hier erklärt Dietrich ihnen die Stunden für Lesen, Schreiben, Latein und Rechnen. Ritter Olgert erklärt mit einigen Sätzen die Wichtigkeit der Knappenlehrzeit.

»Hört zu«, beginnt er. »Glaube, Liebe, Hoffnung, Weisheit, Gerechtigkeit, Tapferkeit und Mäßigung sind die wichtigsten Tugenden eines Ritters. Es wird einige Jahre dauern, bis ihr diese vollkommen beherrscht. Übt täglich, damit ihr irgendwann ein ehrenhafter Ritter werdet.«

Erstaunlich schnell geht der Vormittag vorüber. Die Küchenmägde tragen das Mittagsmahl auf und alle langen kräftig zu.

Der Nachmittag beginnt mit einem Vortrag von Ritter Olgert von Alkena. Er erklärt und zeigt gleichzeitig, wie man mit den Rüstungen und den Waffen der Ritter umzugehen hat und wie man sie pflegt.

Plötzlich stehen Gregor und Balduin im Raum, um sich von Ulrich zu verabschieden. Die beiden versprechen, seinem Vater und seiner Mutter herzliche Grüße von ihm zu überbringen und dass er es gut auf Thurant angetroffen habe. Sie reiten wieder zurück nach Bensberg.

Endlich, am späten Nachmittag, gibt es eine Stunde praktischen Unterricht mit dem Schwert. Alle fünf Anwärter wundern sich, als man ihnen hölzerne Schwerter in die Hand drückt. Auch die anwesenden Ritter, Söldner und Kriegsknechte auf dem Übungsplatz haben solche Schwerter.

»Schaut nicht so verdutzt wie junge Kälber, wenn sie den Gewitterdonner hören«, klärt sie Olgert auf. »Geübt und trainiert wird nur mit diesen Waffen aus Holz. Erstens ist es zu gefährlich, mit blanken Waffen zu lernen. Zu schnell gibt es ernsthafte Verletzungen, die wir uns gegenseitig zufügen könnten. Zweitens sind die stählernen Schwerter zu wertvoll und könnten beschädigt werden. Gleiches gilt für die übrigen Waffen. Achtet auch darauf, dass man nicht auf Kopf oder Hals des Gegners zielt. Das ist beim Üben strengstens untersagt.«

Jedem der Anwärter wird ein ausgezeichneter Gegner zugeteilt, entweder ein Ritter oder einer der Söldner. Ulrich hat als Gegner Ritter Ansgar von Portas. Beide freuen sich über die Wahl des Gegners, Ulrich darüber, von einem erfahrenen Ritter eine Übungsstunde zu bekommen. Ansgar freut sich, dass er einem jungen Knappen etwas beibringen kann, der dazu noch aus dem Bergischen Land kommt. Ansgar erklärt ihm die Handhabung und wie er das Schwert zu halten hat. Außerdem bekommt er Informationen und die praktische Anleitung, wie man sich vor Angriffen mit dem Schwert sinnvoll wehrt.

Nachdem man ihnen die Grundzüge des Schwertkampfes gezeigt hat, gibt es ein für die Knappen lustiges Hauen und Stechen, das die fünf Jungen nicht so schnell vergessen werden. Während die erfahrenen Kämpfer die verzweifelten Angriffe ihres jeweiligen Lehrlings leichthin abwehren, kommen diese bereits nach kurzer Zeit gehörig ins Schwitzen. Man hört so manches »*Au*« und »*Oh*«, wenn die Breitseite eines Holzschwertes wieder ein ungeschütztes Körperteil trifft. Wenn sich die fünf vorher so auf die erste Stunde gefreut haben, sind sie doch froh, als sie endlich vorüber ist.

Am nächsten Morgen zählen alle ihre blauen Flecken. Sie schwören, es bei der nächsten Stunde den Alten so richtig heimzuzahlen.

An den Tagen, an denen Ulrich keine Unterrichtsstunde hat, übt er in seiner Freizeit oftmals mit Ritter Georg immer wieder die Handhabung des Schwertes und der Lanze.

»Schlag von oben!«

»Stich, jetzt!«

»Schneller…und … wegducken … hoch … Schritt nach vorn!«

»Den Schild tiefer halten oder kannst Du hindurchsehen? Der Gegner muss deinen Streitkolben pfeifen hören.«

»Das ist ein Tunierplatz und kein Sandkasten.«

Täglich sind die lauten Rufe der Ausbilder zu hören.

In der Zeit, in der die praktischen Übungsstunden der Knappen mit Ritter Olgert stattfinden, kämpft Ulrich mal gegen einen der Knappen, einen der Söldner oder gegen Olgert selbst. Es folgen zwei Stunden Pflege der Waffen und der Rüstungen, schmirgeln, reiben und ölen, bis diese glänzen, als kämen sie gerade vom Waffenschmied.

Nicht weit von der Rüstkammer gibt es den Stall mit einem widerspenstigen Ziegenbock namens Ferdinand. Manchmal, wenn Ulrich Zeit hat und vom Mittagessen etwas Salat oder Möhren übriggeblieben sind, geht er zu dem Ziegenbock und gibt ihm die mitgebrachten Reste. So kann sich der widerspenstige Bock an ihn gewöhnen und lässt sich dann nach einigen Wochen manchmal streicheln. Ulrich sieht sich bei den erneuten Besuchen den Stall genau an. Er ist recht klein und die Wände sind schmutzig und viele Spinnweben hängen an Ecken und Wänden. »Hier sollte mal ein Knecht die Wände und den Stall reinigen«, denkt er beim Hinausgehen. »Der Zustand ist unwürdig für solch einen stattlichen Bock.«

Badetag auf der Burg

Am Wochenende sieht Ulrich die Mägde einen großen Badezuber mit heißem Wasser füllen, das über dem Feuer in der Küche erhitzt wurde. Es ist der Morgen an einem Samstag, das heißt, Badetag auf Thurant.

Vor dem Badezuber, unterhalb des Ehrenhofes, sind große Tücher aufgespannt worden, die ein wenig vor den neugierigen Blicken anderer schützen sollen. Ulrich sieht Berlewin von Alzey auf den Zuber zugehen und hinter dem Vorhang verschwinden. Nachdem dieser fertig gebadet hat, schöpfen die Mägde den Rahm, also die oben schwimmende Schmutzschicht ab und schütten sie in eine Wasserrinne. Danach sieht Ulrich eine fremde Frau in Richtung der Badeeinrichtung gehen und sich hinter den Sichtschutz begeben. Er denkt: »Das ist wohl Irmingard von Isenburg, die Mutter von Klara.«

Die gleiche Prozedur wie bei Berlewin folgt nun. Es wird neues heißes Wasser in den Zuber gegossen. Nachdem auch Klara nach ihrer Mutter gebadet hat, kann jeder, der Lust dazu verspürt oder es für nötig empfindet, den Schmutz und Dreck einer Woche zu entfernen, in der Reihenfolge seines Standes in den Zuber steigen. Die anderen Jungen haben sich nach und nach bei Ulrich eingefunden.

»Los, Männer. Jetzt sind wir dran!«, ruft Josh und schubst die Übrigen von hinten in Richtung des Zubers. Sie entkleiden sich flugs und steigen nacheinander ins warme Wasser.

Ulrich schaut sich nach dem Bad weiter interessiert um und erkennt drei Zisternen. Kurze Zeit später hört er, wie am Tor um Einlass gebeten wird. Er sieht Männer, die mit Schläuchen

und anderen Behältern auf Eseln in den Burghof kommen. Das darin befindliche Wasser wird augenblicklich in die Zisternen gegossen. Ulrich fragt einen Ritter, der gerade vom Baden kommt, wo das Wasser herkommt. »Dort hinten, unterhalb der Burg, führt der sogenannte Eselspfad zum Bachtal hinter Thurant. Von dort holen die Eseltreiber je nach Bedarf Wasser auf die Burg und füllen die Zisternen. Da wir hier keine Brunnen graben können, denn unter uns ist harter Fels, müssen wir auf diese Weise das für Mensch und Tier benötigte Wasser heranschaffen. Nur wenn es regnet, können wir einen Teil der Zisternen mit Wasser füllen, welches von den Dächern gesammelt und dort hineingeleitet wird.«

Das Niedergericht

Ulrich sieht Berlewin von Alzey mitten auf dem Ehrenhof stehen. Er berät sich mit Ritter Brennero. Langsam geht Ulrich in die Richtung der beiden. Als er bemerkt wird, winkt Berlewin ihn zu sich. »Nun Ulrich, wie ist es dir in den letzten Tagen ergangen? Ich habe gehört, dass ihr schon tüchtig in der Übung seid. Brennero und ich beraten gerade den morgigen Gerichtstag. Die drei Räuber sollen für ihre Untat bestraft werden. Du und Georg müsst dabei sein. Ihr beschreibt den Überfall. Nun, was meinst du, wie würdest du über die drei urteilen? Olgert teilte mir mit, dass einer der Strolche dich sogar bespuckt hat.«

»Herr Berlewin, ich habe bis jetzt nichts gelernt, bis auf die Ausbildung zum Pagen. Wie sollt` ich da richten über die drei Räuber?«

»Dann schau morgen genau hin und lerne daraus«, ist die kurze Antwort von Berlewin. Ulrich darf gehen.

Es ist zwar ungewöhnlich, aber der Burggraf nimmt den Sonntag als Gerichtstag. So haben die Bewohner Alkens und der übrigen zur Burg gehörenden Dörfer die Möglichkeit, an der Verhandlung teilzunehmen. Das ist eine willkommene Abwechslung im harten Alltagsleben für Berlewin, sich die Gunst des Volkes weiter zu sichern. Diener, Knechte und Mägde haben schon am frühen Morgen dafür gesorgt, dass Tische und Bänke in den Ehrenhof getragen werden. Nachdem Dietrich die Morgenmesse gelesen hat, treffen sich nun alle im Ehrenhof. Berlewin sitzt in der Mitte an einem großen Tisch, neben ihm Ritter Ansgar, Ritter Brennero und der Mönch Dietrich.

Die Sonne scheint und es weht ein leichter Westwind über die trutzigen Mauern und Türme der Burg. Dicht drängt sich das herbeigeeilte Volk, um der Gerichtsverhandlung beizuwohnen und ja nichts zu verpassen. Jeder versucht, möglichst nah am Geschehen zu sein. Es wird geschubst und gedrängelt, gemurrt und geflüstert, bis der Burgherr die Stimme erhebt.

Berlewin bittet mit lauter Stimme um Ruhe und teilt mit, dass eine fünfte Person am Richtertisch Platz nehmen soll. Er schaut sich um und sagt: »Jemand aus der Dienerschaft sollte den letzten Platz füllen. Hier soll jeder die Möglichkeit haben, Recht zu sprechen.«

Aber keiner hat so richtig Mut, dort am Richtertisch zu sitzen, als sich doch Elsbeth meldet: »Das ist fein und mutig von dir, komm, setz dich neben Dietrich. Jeder hier am Tisch soll und muss nach eigenem Ermessen Recht sprechen. Egal wie derjenige urteilt, es wird keinem ein Nachteil daraus entstehen. Führt die drei Gefangenen zu uns.«

Bewaffnete Kriegsknechte haben zwischenzeitlich die drei Gefangenen aus dem Kerker geholt und bringen sie vor den Richtertisch.

Bedrückt stehen die drei vor ihren Wächtern. Sie sind gefesselt. Einer von ihnen geht in die Knie und verbeugt sich.

»Was verbeugst du dich? Man wird dich trotzdem verurteilen«, hören alle, wie einer der Räuber seinen Kumpan anspricht.

»Wir nehmen diese Frechheit gegenüber dem Gericht zur Kenntnis«, äußert sich der Burggraf: »Eure Namen: Kunibert, Hermann, Walter. Wer von euch erzählt mir, was ihr zu dem Vorwurf des Überfalls auf drei ehrenwerte Ritter, auf Ulrich von Bensberg, Reinmar von Zweter und auf Bauern sowie eine Wanderapothekerin zu sagen habt?«

Kunibert, der sich ergebungsvoll vor dem Gericht hingekniet hat, beginnt zu sprechen: »Walter kam mit seinem Freund Otto aus Bensberg. Sie sind beide mit dieser Gruppe gegangen. Mein Freund Hermann und ich trafen Walter und Otto in Godesberg. Walter machte uns auf die Gruppe aufmerksam, die nach Koblenz wollte und meinte, dass etwas bei denen zu holen sei. Er hat uns belogen und nicht gesagt, dass drei Ritter und der Sohn des Engelbert von Bensberg dabei sind.«

Hermann, der aufmerksam zugehört hat, nickt bei den Ausführungen von Kunibert.

Walter dagegen zerrt wütend an dem Strick, mit dem er gefesselt ist. »Das ist alles nicht wahr. Wir sind von den beiden angesprochen worden, an dem Überfall teilzunehmen«, ruft er aufgeregt dazwischen.

Nun bittet Hermann, sich zu Wort melden zu dürfen. Es wird ihm mit einer Handbewegung des Burggrafen gestattet. »Herr«, beginnt er. »Nicht Habgier hat uns bewogen, bei den beiden Anschluss zu suchen. Wir sind beide Tagelöhner und seit Wochen ohne Arbeit. Jagen dürfen wir nicht, das wäre verbotene Wilderei. Dennoch müssen unsere Familien, die jetzt nicht wissen, dass wir so weit entfernt sind, argen Hunger leiden. So sahen wir den Überfall als letzten Ausweg und machten mit. Bedenkt bitte dieses, bevor Ihr die Höhe der von uns verdienten Strafe festsetzt.«

Berlewin von Alzey hört sich alles genau an, weiß aber, dass Gefangene immer nach Ausreden suchen. Er befragt die vier Beisitzer am Richtertisch, ob sie schon eine Meinung zu den Vorträgen der Räuber haben.

Brennero und Ansgar nicken. Sie haben eine wohl überlegte Meinung.

Dietrich und Elsbeth bedenken die Sache noch. »Gut, dann gehen wir ins Jagdzimmer und beraten uns.«

Plötzlich schreit Walter, einer der Räuber: »Ich bin unschuldig, so glaubt mir doch! Da stehen die beiden wirklichen Anstifter!« Doch man hört ihm nicht mehr zu. Berlewin geht mit den beiden Rittern, dem Mönch Dietrich und Elsbeth ins Jagdzimmer. Dort möchte er von Letzteren wissen, zu welchem Entschluss sie gekommen sind.

Dietrich sagt: »Mir war Walter etwas zu fahrig gewesen. Er hat nicht überlegt und will nur seinen eigenen Hals retten. Kurzum, er lügt!«

Elsbeth, nun etwas mutiger, äußert sich ähnlich: »Wir haben bis jetzt noch nicht Ritter Georg und Knappe Ulrich gehört. Reinmar kann sicher etwas dazu sagen. Trotzdem halte ich Walter für einen schlimmen Räuber, der andere beeinflussen kann.«

Berlewin hat genau zugehört und nickt zustimmend. »Richtig, Elsbeth, ich werde gleich Reinmar bitten, etwas dazu zu sagen. Ulrich und Georg brauchen sich nicht zu äußern. Ich halte Walter für schuldig und die beiden anderen für Mitläufer. Wie sehen es die beiden Ritter?«

Brennero und Ansgar nicken Berlewin zu und sagen, dass sie Walter ebenso für schuldig halten und er eine höhere Strafe erhalten soll als die beiden anderen.

»Gut, gehen wir wieder hinaus und befragen noch Reinmar als Zeugen.«

Am Richtertisch angekommen, sehen sie, dass man Walter auf den Boden gelegt und fester gebunden hat. Alle sind einer Meinung, dass Walter der Rädelsführer ist.

»Möge Reinmar von Zweter doch einmal vor den Richtertisch treten«, hört man Berlewin rufen, als sie wieder Platz genommen haben.

Reinmar muss nun als Augenzeuge seine Beobachtungen mitteilen. Er beginnt damit, dass Walter und Otto ihn nicht bei sich haben wollten, als sie von Bensberg losgezogen sind. Auch äußert er, dass die beiden sich schon vor Godesberg von der Gruppe entfernen wollten und es in der Nacht dann auch heimlich getan haben. Beim Überfall erzählt er, dass Ritter Balduin dem Räuber ein Tuch vom Gesicht gezogen habe und zeigt dabei auf Walter.

Kunibert und Hermann haben sich inzwischen wieder vor den Richtertisch gekniet und hoffen auf Milde.

Walter liegt apathisch auf dem Boden und rührt sich nicht mehr.

Berlewin schaut in die Runde und verkündet: »Das Gericht ist davon überzeugt, dass Walter der Rädelsführer ist und den Überfall organisiert hat. Wir wissen, wer den Pfeil auf die Bäuerin geschossen hat. Auch dies ist Walter zuzurechnen. Sein widerwärtiges Verhalten vor Gericht und unserem Knappen Ulrich gegenüber, den er angespuckt hat, ist nicht annehmbar. Daher ergeht folgender Richtspruch: Walter wird für einen Tag an den Pranger von Alken gestellt, auf dass das Volk ihn mit Unrat bewerfe.

Außerdem soll der Henker ihm die rechte Hand im Anschluss daran abschlagen. Kunibert und Hermann werden hier auf Thurant Frondienste leisten. Die Dauer des Frondienstes wird ein Jahr sein. Bewähren sie sich, kann diese verkürzt werden.

Handeln sie dem zuwider, gibt es eine neue Verhandlung. Sendet einen Boten an ihre Familien, um sie über das Urteil zu informieren.« Und an die Wachleute gewandt: »Steckt Walter derweil wieder in den Kerker. Am morgigen Tag stellt ihr ihn in Alken auf dem Markt an den Pranger. Gebt Kunibert und Walter eine Kammer bei der Dienerschaft. Manfred, du als Burgmann wirst auf die beiden achtgeben. Und ihr beiden«, dabei zeigt er auf Kunibert und Hermann, »habt das zu tun, was Manfred euch aufträgt. Nun, da die Urteile gesprochen sind, ist die Verhandlung beendet.« Und an die Bürger gewandt, sagt Berlewin: »Volk, das zu Thurant gehört. Ihr habt einen langen Weg auf euch genommen. Labt euch vor eurem Heimweg an den bereitgestellten Getränken. Ich habe für alle genügend Wein und Bier bereitstellen lassen.«

Jubelnd dankt ihm die Menge für seine Großzügigkeit.

Ulrich hat bei seinem Vater schon Gerichtsverhandlungen miterlebt. Da gab es schon mal harte Bestrafungen, die verdient waren. Auch hier hat er das Gefühl, dass ein gerechtes Urteil gefällt wurde.

Der schwarze Mann

Nach diesen Ereignissen und Aufregungen ist es später geworden als an den übrigen Abenden. So dringt schon die Dunkelheit in den Raum, als die Jungen müde auf ihre Heu- und Strohlager sinken und die Decken über sich ziehen.

»Habt ihr schon einmal vom schwarzen Mann gehört?«, fragt Josh in die Dunkelheit.

»Nein«, kommt es von Ulrich. »Wer soll das sein?«

»Ein finsterer Geselle, den man hier vor Jahren verurteilt hat. Jetzt geht er hier nachts um, in schwarz gekleidet, riesengroß und mit feurigen Augen. Wenn du ihm begegnest und ins Gesicht schaust, fliegst du durch den halben Burghof und hast am Tag darauf am ganzen Körper blaue Flecken!«

Die anderen lauschen der Geschichte, bis Flo sagt: »Habt ihr das gehört?« Alle horchen in die Dunkelheit. Tatsächlich hört man ein gleichmäßiges *»tok, tok, tok«,* welches langsam näher kommt.

»Was ist das?«, flüstert Claus.

»Heute war Gerichtstag. Der schwarze Mann geht um«, meldet sich jetzt Fran. Seine Stimme zittert.

»Tok, tok, tok ...«, dann ein leises Klirren, direkt vor der Tür des Knappenhauses. Ein schwarzer Schatten fliegt durch den Raum und landet auf dem Bett von Josh. Der schreit entsetzt auf und fängt an, um sich zu schlagen und zu strampeln.

»Halt Ruhe, du Geschichtenerzähler«, sagt Ulrich, der auf Josh sitzt. »Nun gruselt es dich wohl richtig? Die Geräusche kommen von der Nachtwache auf dem Wehrgang! Und der einzig schwarze Mann in diesem Raum bin ich.« Endlich geht er zurück zu seinem Nachtlager, begleitet vom Gekicher der anderen, bevor endlich Ruhe eintritt.

Einige Zeit später, es ist Herbst und es wird schon langsam kühl. Die Monate des Trainierens und der körperlichen Arbeit haben Ulrich stärker gemacht. Er kennt die Burg jetzt genau bis in den letzten Winkel. Diszipliniert hält er sich an die Regeln und Zeiten für den Unterricht. Die einzelnen Unterrichtsfächer gehen ihm leicht von der Hand. Der praktische Unterricht nimmt langsam Formen an. Ulrich bekommt das während der Übungen von Ritter Olgert mitgeteilt.

Leider musste man sich im Sommer von Claus trennen. Seine Art, die Ausbildung wirklich ernst zu nehmen, ließen bei Ritter Olgert Zweifel aufkommen.

Der Ritt zum Ehrenberg

Nach dem Unterricht wird Ulrich zu Berlewin gerufen. »Ulrich, du musst mit Ritter Brennero zur Ehrenburg reiten. Dort auf dem Ehrenberg hat Brennero eine liebe Freundin wohnen, die er gerne wieder einige Tage zu sich holen möchte. Ich habe es ihm gestattet. Du begleitest ihn dorthin.«

Einige Meilen von der Burg Thurant entfernt, steht die Ehrenburg versteckt im Tal hoch über dem Dorf Ehrenberg. Man gelangt von der Mosel durch das Ehrenburger Tal zu dieser Veste. Vom Ort Brodenbach erstreckt sich im Tal und auf den Berghängen ein dichter Erlenwald. Hier gibt es einen direkten breiten Fuhrweg, den auch Kutschen befahren können. Brennero kennt einige wichtige Abkürzungen. Er möchte nicht durch den Ort Brodenbach reiten, um Aufsehen zu vermeiden, und so nehmen sie die kürzere Strecke von Thurant über den Jägerpfad und die Höhe des Schafberges. Nachdem sie den Karrenweg nach Nörtershausen gequert haben, sehen sie zur Rechten die Teufelslay aus dem Wald ragen.

»Dort soll der Satan in Vollmondnächten persönlich zum Tanz bitten«, erklärt Ritter Brennero. »Und eine alte Hexe soll den Felsen bewachen. Besser, wir halten uns von dort fern.«

Im Zickzack geht es hinunter zum Rauschenbach und gleich wieder hinauf, bis sie den einsam gelegenen Stabenhof erreichen.

»Herr Brennero, Ihr besucht eine liebe Bekannte? So sagte es mir Herr Berlewin«, unterbricht Ulrich das Schweigen.

»Ah, da hat unser Berlewin wieder einmal mehr geredet als gewünscht. Ja, ich hole Blanceflor, ein Edelfräulein, das bei ihren

Verwandten wohnt, für einige Wochen nach Thurant. Ich bewundere diese junge Dame sehr. Sie hat niemanden mehr, also kümmere ich mich um sie, soweit ich kann und schütze sie vor Ungemach.«

Kurze Zeit später sind beide vor der Ehrenburg. Ulrich ist erstaunt, wie versteckt die Burg im Wald liegt. Schon von Weitem hat man die beiden gesehen und auch erkannt, denn Ritter Brennero hat ein weißes Tuch geschwenkt und sich somit als Freund zu erkennen gegeben. Das Tor, um ins Innere der Burg zu gelangen, ist schon geöffnet. Sie reiten beide über Zugbrücke und Burghof bis zu dem Gebäude, in dem Blanceflor ihren Wohnraum hat.

Ein Pferdeknecht nimmt den beiden die Reittiere ab. Sofort läuft Brennero die Stufen hoch, um Blanceflor zu begrüßen. Während Brennero mit Blanceflor und dem Burgherrn einige Tropfen von einem edlen Wein trinken, erhält Ulrich, der an der Pferdetränke wartet, von einem Bediensteten einen Humpen mit Dünnbier. Schließlich macht man sich für den Rückweg fertig. Blanceflor hat ein eigenes Pferd und benötigt somit keine Kutsche, die in dem unwegsamen Gelände äußerst hinderlich wäre. So ist man am späten Abend wieder auf Thurant.

Auf gleichem Wege wie die beiden gekommen sind, reitet man zurück, um vor Einbruch der Dämmerung auf Thurant zu sein. Zügig geht es voran. Ritter Brennero reitet vorn und Ulrich bildet den Schluss des Trios. Während der Ritter aufmerksam die Umgebung im Auge hält, trottet Ulrich eher verträumt und in Gedanken hinterher.

Nachher kann er nicht mehr sagen, welche Unachtsamkeit er begangen hat. Unerwartet scheut sein Ross, steigt auf die Hinterbeine, um dann an seinen beiden Voranreitenden vorbeizustürmen. Er hört den entsetzen Aufschrei des Edelfräuleins und die lauten Rufe von Ritter Brennero, die hinter ihm zurückbleiben.

Weder Zuruf noch zerren an den Zügeln bringen das angstvoll wiehernde Pferd dazu, sein Tempo zu verlangsamen. Ulrich hat Mühe, sich im Sattel zu halten, als das Tier mit einem Satz in einen Waldweg abbiegt. Weiter geht der Ritt in den Wald. Astwerk streift Gesicht und Körper von Ulrich, der zwischen den Bäumen die Teufelslay vor sich aufragen sieht. Kaum, dass er an die Worte seines Begleiters auf dem Hinweg denkt, wird er von einer Riesenhand aus dem Sattel gefegt. Als er auf dem laubbedeckten Waldboden aufschlägt, wird es dunkel um ihn.

Ein beruhigender Singsang weckt ihn. Der Duft von Kräutern hängt in der Luft, als er die Augen aufschlägt. Er liegt in einer Hütte auf einem Lager aus frischem Heu. Er dreht den Kopf und sieht eine bescheidene, aber saubere Einrichtung. Auf Regalen stehen verschiedene Tiegel und Töpfe und über einem Feuer hängt ein Kessel, aus dem es verführerisch riecht.

Er will sich aufrichten, doch in seinem Kopf brummt ein Bienenschwarm.

»Oh, seid Ihr wieder erwacht?«, hört er eine weibliche Stimme aus einer Ecke des Raumes.

»Wo bin ich und wer seid Ihr?«, fragt Ulrich in die Richtung der Stimme.

»Ihr seid in der Obhut der Hexe an der Teufelslay«, kommt es kichernd zurück und Ulrich schaudert.

Dann schiebt sich ein Schatten näher in den Lichtschein des Feuers. Er erkennt eine Frau mittleren Alters, gekleidet wie eine Bäuerin und gar nicht gefährlich anzusehen. Doch das kann bei Hexen täuschen, da sie allerlei Gestalt annehmen können.

»Nur keine Angst vor Petraka. Ich bin eine Kräuterfrau und kundig mit dem, was auf Wiesen und im Wald wächst und gedeiht. Daraus bereite ich Salben und Tränke gegen allerlei Gebrechen. Das ist dem abergläubischen Volk unheimlich und sie bezeichnen mich deshalb als Hexe. Trotzdem besuchen sie mich heimlich, wenn der Medicus nicht mehr weiterweiß.«

»Und der Teufel? Der tanzt doch auf dem Felsen?«, will Ulrich wissen.

»Den habe ich heute gesehen. Er kam wie der Leibhaftige durch den Wald gefegt, bis ihn ein Ast aus dem Sattel hob.« Dabei schaut sie ihn so lange an, bis er begreift und beide lachen müssen. Ulrich erzählt in ein paar Sätzen, wie es dazu kam.

»Nehmt einen Napf der kräftigen Brühe zu Euch, bevor Ihr Euch wieder auf den Weg macht. Euer Pferd ist an der Hütte angebunden, sodass Ihr nicht zu Fuß bis Thurant laufen müsst.«

»Habt Dank für alles!«, sagt der Knappe zum Abschied und Petraka meint: »Dann lasst Euch einmal eine gute Geschichte

einfallen. Einen mutigen Knappen wirft es ja nicht einfach aus dem Sattel.«

Ulrich schlägt die gezeigte Richtung ein und erreicht kurze Zeit später den Reitweg zur Burg. Nicht lange und er vernimmt Rufe: »Ulrich, Ulrich!« Schon sieht er zwei Söldner auf sich zureiten. »Es wird nach Euch gesucht. Dem Herrn sei Dank, dass wir Euch gefunden haben und Ihr seid unversehrt, wie es scheint!«

Als sie in die Burg einreiten, kommt ihnen Ritter Brennero entgegen. »Was ist passiert, Ulrich? Wir dachten, du kämst schnell genug zurück zur Burg und erfuhren hier, dass du noch nicht eingetroffen warst! Wir schickten daher ein paar Leute aus, um dich zu suchen. Erzähl!«

Ulrich gibt knapp einen Bericht über die Geschehnisse und nimmt dem Ritter das Versprechen ab, dies nicht weiter zu erzählen. »Ich verstehe«, meint dieser abschließend und geht schmunzelnd davon.

Ulrich schweigt gegenüber seinen Kameraden, so viel sie auch fragen. Erst als sie im Dunkel der Nacht unter ihren Decken liegen, sagt er: »Eigentlich wollte ich über den heutigen Tag nichts berichten, so grausam war der. Ich ritt durch den Wald, da schlug mich der Teufel persönlich aus dem Sattel. Er brachte mich zu einer Hexe. Die fesselte mich mit einer Schlangenhaut. Dann flößte mir das Weib eine Suppe aus Krötenblut, mit Spinnenbeinen und gerösteten Käfern ein. Das war nicht nur eklig, sondern fürchterlich.«

Ulrich hielt einen Augenblick inne, hörte, wie seine Kameraden ihm atemlos lauschten. Jemandem klapperten die Zähne vor Furcht.

Dann fuhr der Bensberger fort: »Endlich konnte ich mich befreien. Ich stieß die Hexe ins Feuer. In diesem Moment kam der Teufel zurück. Ich überraschte ihn und habe ihm eins auf die Hörner gegeben. Ehe der sich davon erholen konnte, war ich schon weg!« Nach einer kurzen Pause fügte Ulrich hinzu: »Hütet euch davor, in den Wald an der Teufelslay zu reiten! Wer weiß, wer da noch umherstreift.«

Dann dreht er sich um und schläft mit einem zufriedenen Grinsen ein.

Die Urkunde

In der Zwischenzeit hat Berlewin Besuch aus Köln erhalten. Ulrich sieht eine Kutsche mit dem Wappen des Erzbischofs von Köln auf der Tür. Ansgar von Portas kommt schnellen Schrittes auf sie zu.

»Was ist hier los?«, fragt Brennero sofort, als dieser sie erreicht.

»Aus Köln ist Besuch bei Berlewin. Ich glaube, es ist der Prälat Gottfried von Schönborn. Er soll die Rückgabeurkunde für die Burg bei sich haben. Somit gehört die Burg Thurant und der rote Turm sowie alle dazugehörenden Ländereien und Dörfer laut Urkunde unserem Pfalzgrafen Otto II. Es wird aber auch höchste Zeit. Endlich haben Konrad von Hochstaden, der Kölner Erzbischof und seine hochmütigen Kirchenherren eingesehen, dass sie keine Ansprüche auf die Burg mit allen dazugehörenden Gebieten zu erheben haben«, berichtet der Ritter und setzt schmunzelnd hinzu: »Auch der Zehnt und der Zoll fließen wieder in unsere Truhen. Doch Gott sei Dank ist es bis jetzt friedlich ausgegangen. Die Urkunde ist wieder in Besitz von Thurant und somit im Eigentum der Ritterschaft bei Rhein, die von ihrer Stammburg in Heidelberg regiert und dem Stauferkönig Friedrich II. treu ergeben sind.«

Ein Jahr geht schnell vorüber

Es ist das Jahr 1244. Ulrich hat ein schönes Weihnachtsfest erlebt. Der Winter war hart und die Nächte klirrend kalt. Der Schnee, welcher meterhoch im Burghof lag, musste über dem Feuer geschmolzen werden, um Wasser zu erhalten. Die Zisternen und der Bach im Tal waren wochenlang zugefroren. Das Gesinde suchte sich während dieser Zeit ein warmes Plätzchen im Pferde- oder Kuhstall. Jetzt freut es sich wieder auf den Frühling und den Sommer. Ein Jahr ist Ulrich nun schon hier.

Mit Klara konnte er immer wieder einige Worte wechseln. Auch hat er herausgefunden, dass sie gern einmal mit auf die Jagd gehen würde. Dafür hat sie von ihrer Mutter aber keine Zusage erhalten. So wagt sich eines Abends Ulrich vor die Tür des Jagdzimmers von Berlewin und klopft an. Es ertönt ein »Herein.«

Langsam tritt Ulrich in das schmucke Jagdzimmer und sieht Berlewin und Irmingard in Sesseln sitzen. Im Kamin lodert ein Feuer und macht den Raum behaglich warm. »Guten Abend, Herr Berlewin von Alzey und edle Frau von Isenburg.«

Diese nette Begrüßung erfreut die beiden und sie blicken ihm erwartungsvoll entgegen. Zu Irmingard sagt Ulrich, wer er ist. »Ich kenne dich gut, Berlewin hat mir schon oft von dir erzählt.«

»Was hast du, dass dich der Weg zu mir führt?«, fragt ihn der Burgherr. Ulrich hat sich genau überlegt, wie er den Wunsch von Klara im Beisein von ihrer Mutter aussprechen kann.

»Ich hoffe, ich erzürne Euch nicht, Frau von Isenburg.«

Er sieht nicht, dass der Burggraf ein wenig schmunzelt und Frau von Isenburg noch interessierter zu ihm hinschaut. »Es ist so«, stottert Ulrich verlegen und stockt einen Moment.

»Ich weiß, was du willst«, hört er Berlewin sagen.

Frau von Isenburg ist jetzt noch irritierter und schaut diesen an. »Du bist sicher ein wenig verliebt. Alt genug bist du ja inzwischen. Aber es ist dir unangenehm, im Beisein von Frau Irmingard zuzugeben, dass es die Klara ist, die du magst und jetzt heraus mit der Sprache! Was möchtest du?«

Ulrich ist plötzlich mutig genug, sein Anliegen vorzutragen: »Es stimmt, ich mag Klara und möchte eine Bitte von ihr vortragen. Sie ist interessiert an der Beizvogeljagd und hat schon einiges darüber gelesen. Gerne würde sie mit den beiden Rittern Boos und Philipp an einer der nächsten Jagden teilnehmen. Doch sie weiß, dass Ihr, Frau von Isenburg, es verboten habt. Allerdings weiß Klara nicht, dass ich hier für sie bei Euch vorspreche.«

Der Herr von Thurant schmunzelt erneut ein wenig, wobei Frau von Isenburg erst ein klares Nein aussprechen will. Sie sieht aber, wie Berlewin sie anschaut und kaum merkbar mit dem Kopf nickt.

»Ich werde das mit Herrn Berlewin besprechen und bitte dich nun, uns allein zu lassen. Hab keine Furcht. Klara wird nicht ausgeschimpft. Ich gebe ihr heute Abend eine Antwort. Hab Dank für deine Ehrlichkeit! Ich mag das.«

Inzwischen hat der April des Jahres 1244 mit Regen und Sturm Einzug gehalten. Wie jeden Morgen treffen sich die vier Knappen für die Ausbildung zum Ritter an der Kapelle. Sie werden schon von dem Mönch Dietrich erwartet. Ritter Olgert kommt in diesem Augenblick aus dem Weinkeller. »Das ist gut, dass wir uns jetzt hier treffen, Dietrich und ich haben euch etwas zu sagen.« Alle gehen in die Kapelle und Dietrich beginnt.

»Nun hört einen Beschluss von Olgert und mir. Ein Jahr ist vorbei und wir haben euch genau beobachtet und wollen euch mitteilen, wer das Jahr erfolgreich bestanden hat. Die Ausbildung ist nicht leicht, es sind die von mir gelehrten Fächer, die zu dem Erfolg, ein Ritter zu werden, beitragen. Natürlich gehört auch eine Portion christlichen Glaubens dazu. Die zweite Hälfte ist der praktische Teil, den euer Lehrmeister erklären wird.«

Olgert schaut seine vier Schützlinge ernst an, einen nach dem anderen. Sein Blick fällt auf Franzisko. Der hat plötzlich ein schlechtes Gefühl im Bauch.

»Die praktischen Übungen mit Schwert, Schild und Lanze, die Arbeit in der Waffenkammer, die Reitstunden, die Übungen mit Pfeil und Bogen, der Zusammenhalt untereinander, das alles wurde in den letzten zwölf Monaten genau beobachtet. Alle beteiligten Ritter, also auch Dietrich und ich, sind zu dem Entschluss gekommen, dass einer von euch die Burg ohne weitere Ausbildung verlassen muss. Wir können hier nur mit denen weiterarbeiten, die sich voll und ganz auf die Herausforderungen konzentrieren. Josh, du hast dich hervorragend gegeben und die Tugenden eines Knappen erfüllt. Das braucht man später als Ritter. Du hast bestanden.«

An Ulrich gewandt: »Ulrich, das gilt auch für dich. Du hast von Brennero ein tadelloses Lob erhalten. Sei stolz.«

Seine Miene verfinstert sich, als er zu Franzisko spricht: »Fran, dein Glaube scheint bei dir nicht so im Mittelpunkt zu stehen. Es stört im Umgang mit den übrigen Menschen auf der Burg, bei denen das Christentum tief verwurzelt ist. Unser Herrgott ist bei jedem Kampf mitten unter uns. Es hat manchmal bei der theoretischen Ausbildung an Wissen gemangelt. Insbesondere bei einfachen Dingen. Auch im Praktischen erfüllst du leider nicht die gestellten Erwartungen. Daher teilen wir dir mit, dass du das erste Jahr der Ausbildung nicht bestanden hast und sich hier und jetzt unsere Wege trennen.«

Als Fran diese Worte hört, schluckt er und fängt er an zu weinen.

»Du kannst in deine Kammer gehen und die Sachen packen. Noch heute werden dich zwei Söldner zurück auf die Waldeck begleiten.«

Fran, der verwirrt ist, verlässt augenblicklich die Kapelle und läuft in Richtung des Knappenhauses.

»Nun zu dir, Florian. Ich mache es kurz. Du hast, genau wie die anderen, das erste Jahr bestanden. Zeig etwas mehr Ehrgeiz beim Umgang mit Schwert und Schild.«

Im Hinausgehen sagt Dietrich über die Schulter: »Heute zum Abendmahl will euch der Burggraf an seiner Tafel sehen. Wascht euch nicht nur die Ohren und seid pünktlich.« Anerkennend klopft er jedem nochmals als Bestätigung kräftig auf die Schulter.

Josh, Flo und Ulrich stehen draußen vor der Kapelle und freuen sich riesig über das bestandene Jahr. Die drei gehen zum Knappenhaus und verabschieden sich von Franzisko. Er war ihnen in der gemeinsamen Zeit auf der Burg ein guter Kamerad. Die beiden Söldner stehen mit einem Pferd für ihn bereit und der Augenblick des Abschiednehmens ist gekommen. Nach einem kräftigen Händedruck folgen sie den Reitern bis auf die Zugbrücke und schauen ihnen nach, bis sie hinter der nächsten Wegbiegung verschwunden sind.

Am Abend gibt es im Rittersaal in üppiges Mahl an der Tafel. An der Stirnseite sitzen etwas erhöht der Burggraf und Frau Irmingard sowie Klara, an den Längsseiten die auf der Burg lebenden Ritter und der Baumeister sowie die drei Jungen, die sich in der ungewohnten Umgebung nicht so ganz wohl fühlen. Sie haben den letzten Bissen kaum heruntergeschluckt, als sich Berlewin erhebt und sie mit lauter Stimme anspricht: »So ihr drei, die ihr das erste Jahr der Ausbildung hier vollendet habt. Anstrengungen soll man belohnen und deshalb«, er winkt einem Knecht zu, welcher einen schweren Korb heranschleppt, »sollt ihr einen angemessenen Lohn erhalten!«

»Du«, an Florian gewandt, »hast dich bei den Übungen mit den Äxten hervorgetan. Erhalte deine eigene Waffe und setze sie nur gegen die Feinde von Thurant ein.«

»Jetzt trete Josh vor«, sagt Berlewin und greift in den Korb. »Bei dir war der Umgang mit dem Streitkolben gut. Du entwickelst einen kräftigen Schlag. Setze ihn mit Bedacht ein.« Der Angesprochene lächelt über das ganze Gesicht, als seine Hand sich um den Griff eines Streitkolbens schließt. Dann ruft er Ulrich nach vorne.

»Du erhältst ein Kurzschwert. Du bist nicht nur gewandt bei den Übungen mit dem Holzschwert, sondern auch in Worten hast du dich hervorgetan. Was bleibt da also, als dir ein gut ausgewogenes Kurzschwert zu überreichen. Es ist ein gutes Stück, welches wir im Kampf erbeutet haben. Es ist etwas unscharf. Gehe morgen zum Schmied. Er möge es richten und schärfen. Beim Sattler kannst du dir auch eine lederne Scheide abholen, um es beim Reiten auf dem Rücken zu tragen. Dort ist es weniger hinderlich.«

Nun wendet er sich an eine der Mägde: «Eile dich, den dreien einen Pokal Wein zu bringen. Zur Feier des Tages wollen wir doch nicht mit Dünnbier anstoßen!«

Als sich alle zuprosten, bemerkt Ulrich, dass Klara ihn beobachtet und über den Rand ihres Bechers anlächelt. Als sie nachher über den Burghof gehen, schaut er versonnen in den klaren Sternenhimmel. Da seine Blicke zu Klara seinen Kameraden nicht entgangen sind, braucht er für deren leichten Spott nicht zu sorgen. Am anderen Tag bringt Ulrich seine Waffe zum Schmied.

Jagdzeit

Trotz des heißen und trockenen Sommers war die Ernte auf den Feldern gut. Jetzt beginnt der Herbst und die Winzer sind in ihren Weingärten, um die reifen Trauben heimzubringen. Man spricht davon, dass es ein hervorragender Wein wird. Klara hat von ihrer Mutter die Erlaubnis erhalten, mit zur Jagd zu gehen. Das hat sie Ulrich schon vor einiger Zeit mitgeteilt. Beide freuen sich, mit den wieder anwesenden Rittern Boos und Philipp dabei zu sein. Diener und Knechte beladen einen Wagen mit Speisen, Getränken und Decken. Aus Alken werden Männer angeworben, die das Wild in Richtung der Jäger treiben sollen. Treiber und Hundeführer mit der aufgeregten Meute von Jagdhunden machen sich nun zu Fuß auf und sind schon bald im dichten Wald nicht mehr zu sehen.

Ritter Boos hat drei seiner Diener aufgefordert, weiter in Richtung Norden zu gehen und das Wild mit lauten Schlägen auf Eimer in seine Richtung zu treiben. Die übrigen männlichen Teilnehmer der Jagdgesellschaft haben sich in Abständen zu einer Schützenreihe aufgestellt. Nach geraumer Zeit hören sie die Geräusche der Treiber und Hunde aus dem Wald. Jetzt ist es an der Zeit, die Armbrüste und Bögen fertig für den Abschuss zu machen. Gespannt warten sie auf das Wild. Doch plötzlich, nicht weit von Ulrichs Platz entfernt, ein ungewöhnlich lautes Geräusch. Es verhallt genauso schnell wieder und eine trügerische Ruhe stellt sich ein. Kein Laut kommt mehr aus dieser Richtung und selbst das Vogelgezwitscher ist verstummt. Mit einem gewaltigen Satz bricht eine Wildsau aus dem dichten Gestrüpp aus Brombeerranken und stürmt schnurstracks auf Ulrich zu. Kaum hat er sie gesichtet, bleibt ihm wenig Zeit, um genau zu zielen.

Er reißt seine Waffe, eine Armbrust, hoch und schießt, auf gutes Glück hoffend, den Bolzen auf die Sau ab. Getroffen! Das Tier stoppt mitten im Lauf, überschlägt sich und bleibt kurz vor ihm wie tot liegen. Ulrich zittert noch immer vor Aufregung und Anspannung.

Da kommt noch ein Reh mit einem Kitz aus dem Gebüsch, das die Ritter weiterlaufen lassen. Ein Hirsch folgt in kurzer Distanz und Ritter Boos legt an und schießt. Daneben! Ritter Philipp schießt einen Pfeil ab und trifft.

Nach einer Weile kommen die Treiber und die Hundeführer mit der Meute. Das erbeutete Wild wird auf eine Lichtung getragen. Man zählt einen Hirsch, vier Hasen, einen Fuchs, aber kein Wildschwein.

»Wo habt ihr die wilde Sau gelassen, die ich erlegt habe?«, fragt Ulrich in die Runde.

»Da war kein Wildschwein zu finden. Meine Hunde hätten es aufgespürt«, mischt sich der Hundeführer ein.

»Doch, ich habe es selbst erlegt«, widerspricht Ulrich, »das muss doch jemand gesehen haben!«

»Ist bei deinem Anblick wohl vor Schreck umgefallen«, witzelt Boos.

»Vielleicht ist es auch einfach davongeflogen«, äußert sich Phillip und als wäre es nicht genug, stichelt Berlewin: »Auch andere haben schon einmal danebengeschossen, nicht wahr, Boos?« Der brummt etwas in seinen Bart und wendet sich ab.

Da kommen zwei Knechte mit dem Wagenpferd aus dem Wald und ziehen etwas hinter sich her. »Wer hat diese wilde Sau erlegt?«, ruft einer. »Der Schütze hat genau gezielt.«

Anerkennend schauen alle in der Runde. Sie wissen alle von dem Jagderfolg und beglückwünschen Ulrich.

Die Edeldamen und Fräuleins haben derweil ein anderes Jagderlebnis. Sie sind auf die abgeernteten Felder auf den Moselhöhen geritten. In der Ferne sieht man die Dörfer Pfaffenheck, Udenhausen und Nörtershausen. Hier lassen sie die mitgebrachten, abgerichteten Greifvögel nacheinander zur Beizjagd aufsteigen.

Besonders die Falken haben es Klara angetan. Sie freut sich, mit welchem Geschick der ihr zugeteilte Vogel im Sturzflug eine Taube schlägt.

Viel zu schnell vergeht die Zeit, bis der Bläser mit dem Jagdhorn zum Sammeln bläst. Im Galopp geht es über die Stoppelfelder zum Treffpunkt mit den Männern. Dort haben die Diener Speisen und Getränke bereitgestellt. Sie werden bei viel Gelächter und frohen Gesprächen verzehrt. Klara kommt zu Ulrich und fragt ihn: »Warum nannte dich Boos vorhin Ulrich von der verlorenen Wildsau?« Dieser bekommt einen hochroten Kopf und sagt ausweichend: »Das ist eine andere Geschichte.«

Da hört er Reinmar, der etwas zum Besten gibt:

»Es ging ein Ritter von Boos zur Jagd,
doch leider hat er Pech gehabt.
Ein Knappe hatte dann am Schluss.
Erlegt ´ne Sau mit einem Schuss.
Von hinter´m Baum ein Waldgeist schaut,
und hat sie ihm doch fast geklaut!«

Die Männer schütteln sich vor Lachen und lassen sich nochmals Becher und Humpen füllen. Schließlich geht es zurück zur Burg. Das Wild wird in die Burgküche gebracht. Jeder angeworbene Treiber erhält als Lohn ein Stück Fleisch von einem Tier für den eigenen Topf. Noch spät hört man die Männer den Jagderfolg bei einem Becher Wein feiern.

Beratungen

Wieder ist ein erfolgreiches Ausbildungsjahr für die drei Jungen vorüber. Es ist April im Jahr 1245. Ulrich hat in den letzten Monaten zweimal seinen Eltern geschrieben und frohe Antworten erhalten. Allerdings teilt sein Vater im letzten Brief mit, dass es in Köln zu Unruhen gekommen ist. Das Volk und die Patrizier murren wegen der wiederum erhöhten Steuern, die der Erzbischof erhebt. Konrad I. von Hochstaden, Erzbischof von Köln, hat im Kreis der Domherren verlauten lassen, dass er trotz Rückgabe der Urkunde für die Burg Thurant sehr erbost über die Mengen von Talern ist, die Alken und die Burg für Wege- und Flusszoll einnehmen. Dies geschieht auf Anweisung des Kaisers. Sich diesem zu widersetzen, wagt er zurzeit nicht.

»Mein lieber Sohn Ulrich, berichte bitte Berlewin von dieser Tatsache und grüße ihn«, endet der letzte Brief.

Ulrich lässt sich bei Berlewin anmelden und eilt am Abend in sein Jagdzimmer.

»Na, Ulrich«, empfängt Berlewin den jungen Knappen. Was kann ich für dich tun?«

Ulrich, der Berlewin schon seit gut zwei Jahren kennt, weiß, wie er weitersprechen muss. »Diesmal kann ich etwas für Euch tun, werter Herr. Mein Vater teilte mir in einem Brief mit, dass Erzbischof Konrad sich darüber ärgert, dass Ihr durch die auf Handelswegen und dem Fluss erhobenen Zölle gute Einnahmen habt, die dem Kölner Erzbischof entgehen.«

Der Burggraf hat aufmerksam zugehört. Sein Gesicht ist angespannt. Er bittet Ulrich, Ritter Brennero zu informieren. Er soll veranlassen, dass alle Ritter sich innerhalb einer Stunde im

Jagdzimmer versammeln sollen. Ulrich beeilt sich, den Auftrag auszuführen. Berlewin begibt sich ohne Umwege ins Jagdzimmer und nimmt am Kopfteil des Tisches Platz. Er grübelt noch, als die Ritter Brennero, Olgert, Ansgar mit Reinmar von Zweter und dem Baumeister Ottmar eintreten.

»Nehmt Platz, meine Herren. Ich habe von Ulrich erfahren, welches Unheil auf uns zukommen kann und denke, dass unser Baumeister Ottmar und Reinmar neue Ideen haben, wie wir uns dagegen wappnen können«, sagt der Burgherr.

»Wohlan, hört«, spricht Berlewin. »Es scheint, dass der Kölner Erzbischof sich anschickt, unsere Burg anzugreifen. Der alte Neider sieht die Einnahmen von uns hier an der Mosel. Obwohl er uns vor einiger Zeit die Rückgabeurkunde überreicht hat, grämt er sich. Auch ist da noch der Erzbischof von Trier, ein ebensolch listiger Fuchs. Ihn zu unterschätzen wäre ein Fehler, den wir bereuen könnten. Ich werde daher Spione ausschicken, die den Trierer im Auge behalten sollen. Ansgar, wie viele kampffähige Söldner, Kriegsknechte und Schützen für Bogen und Armbrüste haben wir derweil auf der Burg und, anders gefragt, wie viele können wir uns über einen längeren Zeitraum zusätzlich leisten, wenn wir zu wenige haben?«

Dieser überlegt kurz und antwortet: »Zurzeit stehen uns 74 kampffähige Männer zur Verfügung, die zum Teil hier auf der Burg leben, der Rest wohnt in Alken.«

Das ist nicht übermäßig viel«, überlegt Berlewin. »Olgert, wie sieht es mit Waffen aus und ist die Burg rundum gut gesichert?«

Olgert räuspert sich und schaut Brennero an. »Ich habe letzte Woche die Außen- und Ringmauern kontrolliert, sogar bis hinunter nach Alken. Brennero war dabei. Auch die an den Zwingern sind alle stabil und dank unseres Baumeisters in bestem

Zustand. Die Tore sind gut bewacht und die Wachmannschaft ist aufmerksam. Die Männer wissen, dass mit mir nicht zu spaßen ist, wenn der Dienst vernachlässigt wird.« Grinsend setzt er hinzu: »In der letzten Woche habe ich so einen schlafend erwischt. Den habe ich sehr schnell geweckt. Der wurde erst so richtig wach, nachdem ich ihn in die Kuhtränke geworfen hatte. Jetzt hustet er. Das Wasser war wohl nicht richtig temperiert.«

»Bei den Waffen sieht es gut aus. Jeder Kämpfer ist für seine eigenen verantwortlich. Darauf achte ich besonders. Da gibt es keine Schluderei. Die Rüstkammer ist gut bestückt und was fehlt, richtet der Schmied«, sagt Brennero und schaut dabei Ansgar an. »Wir sollten im Ort fragen, ob die Alkener bereit sind, uns zumindest beim Wachdienst zu unterstützen.«

Berlewin schaut Brennero an und sagt: »Wer sich freiwillig meldet, sei willkommen. Doch will ich keinen Zwang auf die Bewohner ausüben. Die müssen sich um ihre Familien sowie Haus und Hof kümmern. Doch, wie viel Hilfe würden wir von den Ehrenburgern erhalten?«

»Keine. Du weißt, dass die Herren von Ehrenburg sich neutral verhalten und das auch bleiben möchten«, antwortet Brennero.

Nun meldet sich Baumeister Ottmar zu Wort: »Die Dächer sind inzwischen fast alle mit Schiefer eingedeckt. Der Beschuss mit Brandpfeilen dürfte nicht gefährlich sein. Für die Arbeiten an den Mauern schaffen die Bauern und Winzer mit ihren Fuhrwerken ausreichend Gestein aus dem Bruch hinter Thurant herbei. Bis einer der Bischöfe vor den Toren erscheint, sind wir fertig. Die fallen ja nicht einfach vom Himmel.«

Berlewin nickt Ottmar freundlich zu und bittet um einen täglichen Bericht über den Fortgang der Arbeiten. Darauf hebt

Reinmar die Hand: »Ich kann nicht viel tun. Gebt mir eine Aufgabe, die ich ausfüllen kann.«

Der Burggraf überlegt kurz und sagt. »Reitet als Dichter und Sänger nach Ulmen. Dort auf der Burg regiert Ritter Heinrich. Er ist unserem Kaiser treu ergeben. Gebt ihm Kunde und bittet ihn ebenfalls, die Trierer im Auge zu halten und vielleicht bringt ihr ein paar seiner Männer mit zurück.«

Reinmar nickt. »Im Morgengrauen mache ich mich auf den Weg.«

Berlewin, der ebenfalls zustimmt, ergreift noch einmal das Wort: »Ich werde meinem Freund Engelbert von Bensberg eine Nachricht zukommen lassen, um frühzeitig informiert zu sein, wenn Hochstaden daran denkt, gegen uns zu ziehen.«

Geisterstunde

Ulrich geht an diesem Abend frühzeitig ins Knappenhaus, denn er ahnt, dass eine weitere Aufgabe auf ihn wartet. Außerdem ist er müde. Doch kaum hat er die Kerze gelöscht und sich unter seinen Decken verkrochen, stürmen Flo und Josh keuchend vom Laufen und lauthals lachend in die Kammer.

»Was habt ihr wieder angestellt?«, murmelt Ulrich, der weiß, dass die Kerle doch keine Ruhe geben werden.

»Also«, beginnt Flo. »Heute war ja die Zusammenkunft im Jagdzimmer. Dort gibt es neben dem Kamin hinter der Wandverkleidung einen Hohlraum.« Und auf Josh zeigend: »Wir beide passen dort hinein.«

»Habt ihr die Herren belauscht?«, entrüstet sich Ulrich.

»Gott bewahre. Wir haben gewartet, bis sie fort waren und sind dann sofort hineingeschlüpft, weil im Anschluss an Beratungen immer das Geschirr und die Becher fortgeräumt werden sowie der Boden gefegt wird«, fährt Josh fort.

Flo lachend: »Kommen da zwei Mägde, eine dünne und eine dicke sowie ein einfältiger und recht abergläubischer Knecht ins Zimmer. Zuerst haben wir sie eine Weile gewähren lassen. Dann fing Josh wie ein alter Hund zu heulen an und ich habe mit dunkler, verstellter Stimme gerufen: Ho, ho, wir sind die Seelen von Thurant und sind gekommen, euch zu holen. Die sind schreiend davongerannt. Muss man in der ganzen Burg gehört haben. Gut, zwei der Becher und ein Krug haben es nicht überlebt. Mal sehen, wer die Scherben auffegt.«

»Euch kann man nicht allein lassen«, gähnt Ulrich, »und nun gebt Ruhe. Die Nacht ist kurz.«

Eine Reise nach Köln

Am anderen Morgen nach dem Frühstück kommt der Burgherr in die Kapelle, wo die Knappen beim Religionsunterricht sitzen und bittet Ulrich nach draußen. »Ulrich, ich möchte mich für deine Nachricht bedanken. Du wirst mit Ritter Ansgar nach Bensberg reiten. Du bekommst für deinen Vater einen Brief mit. Es geht darum, herauszufinden, was der Kölner Erzbischof plant und wie stark sein Heer ist. Ihr zieht morgen in aller Frühe los, und zwar in der Kleidung von Weinhändlern.

Am späten Nachmittag packt Ulrich ein paar Sachen und erhält von Irmingard von Isenburg ein Gewand, das ihn und Ansgar wie Weinhändler aussehen lässt. In den Kiepen, die sie mitführen, lagern ein paar Flaschen guten Moselweines. Dazwischen lassen sich auch ihre Einhandschwerter gut verstecken.

Ulrich kann kurz mit Klara reden, die ihm zur Überraschung einen herzhaften Kuss auf die Wange gibt und ihm eine gute Reise wünscht.

Ansgar hat am Vormittag eine Reisegruppe gefunden, die nach Koblenz will und einige davon nach Köln.

Zeitig stehen Ansgar und Ulrich an der Bootsanlegestelle. Über die Mosel ziehen letzte Schleier des Frühnebels und lassen den Uferbereich gespenstisch ausschauen. Insgesamt besteht die Gruppe aus vierzehn Personen, Händler, Bauern, Winzer und zwei Ritter von der Ehrenburg. Die Ritter sind Begleitschutz für die Gruppe.

»Hoffentlich fragt mich keiner über den Weinbau an der Mosel aus«, flüstert ein Ritter zum Knappen. »Ich weiß gar nichts darüber.«

»Lasst mich machen«, gibt Ulrich ebenso leise zurück und grinst. »Wir sagen, dass das Keltern unseres Weines bei uns ein altes Familiengeheimnis ist und dass der Moselwein besser sei als der vom Rhein.«

Ulrich erinnert sich noch an den Weg von damals und weiß, dass sie ab Koblenz dieses Mal flussabwärts nicht so lange unterwegs sein werden und die Freude, seine Eltern wiederzusehen, überwiegt. In Koblenz angekommen, sammeln sich die Ehrenburger Ritter und acht weitere Personen aus der Gruppe, die nach Köln reisen wollen. Man kommt überein, ein Boot zu mieten, auf dem alle Reisenden mit ihrem Gepäck und den Reittieren Platz finden und das sie in flotter Fahrt den Rhein hinunter in Richtung Köln bringen soll. Nach drei Tagen schaukelnder Fahrt, Übelkeit und Enge auf dem Kahn, erreichen sie den Rheinhafen zu Köln. Nach kurzem Verschnaufen lassen sich Ansgar, Ulrich und die beiden Ehrenburger nach Deutz übersetzen. Einige Stunden später erblicken sie Bensberg und Ulrich die heimische Burg. Er sieht, dass in den letzten zwei Jahren einiges an der Burg gebaut worden ist. Schon klingt das Horn des Türmers und kündigt die Reiter an.

Die Begrüßung ist herzlich. Die Eltern freuen sich, dass Ulrich nicht nur erwachsen, sondern auch vernünftiger geworden ist. Ansgar übergibt den Brief von Berlewin an Engelbert von Bensberg und stellt gleichzeitig die beiden Ritter vor. Jetzt erfährt Ulrich von dem heimlichen Begleitschutz.

Engelbert von Bensberg zerbricht das Siegel von Thurant und liest den Brief.

Am Abend sitzen Engelbert, Ansgar und Ulrich in den Privatgemächern des Burgvogts.

»Wie stellt sich Berlewin meine Unterstützung vor?«, fragt Engelbert.

»Nötigenfalls mit kampferprobten Männern und ihren eigenen Waffen. So viele wie Ihr zu entbehren bereit seid«, antwortet Ansgar. »Außerdem sollt Ihr möglichst schnell herausfinden, was Konrad von Hochstaden vorhat. Könnt Ihr das erkunden?«

Engelbert überlegt lange. »Es kann durchaus sein, dass das Bergische Land von Hochstaden angesprochen wird, sich an dem Feldzug gegen Thurant zu beteiligen. Dann würde ich mit meinen Rittern ein Gegner von Berlewin sein. Es ist verzwickt. Berlewin ist ein guter Freund von mir und die Herren vom Berg sind dem Kölner nicht freundlich gesonnen. Ich werde Ulrich mit einer Botschaft nach Köln schicken. Wollen doch einmal sehen, ob wir den Spieß nicht umdrehen und den alten Fuchs von Köln überlisten können.«

Ansgar lächelt. »Euer Gedanke ist gut, da lässt sich zumindest herausfinden, was Hochstaden vorhat.«

Engelbert lässt Ulrich, der in seiner Kammer geblieben ist, rufen und erklärt ihm, welche Aufgabe auf ihn wartet. Ulrich ist aufgeregt und prägt sich alles Aufgetragene ein und freut sich auf den Besuch in Köln. Früh am nächsten Tag soll es losgehen. Er soll versuchen, bis zum Kölner Erzbischof vorzudringen und um Unterstützung zu bitten, wenn Burg Bensberg in Zukunft wieder angegriffen werden sollte. Er hat sein bestes Gewand mit dem Wappen der Ritterschaft der Herren vom Berg angezogen.

»Du hast die Möglichkeit, im Kloster der Dominikaner in der Stolkgasse zu übernachten«, erklärt ihm sein Vater. »Rede mit dem Abt und sage, wer du bist. Anschließend gehst du zum Bischofspalast und trägst dein Anliegen vor. Sei ehrfürchtig, nicht überheblich. Zeige dich nicht ängstlich oder unterwürfig. Auch er ist nur ein Mensch. Versuche herauszufinden, was Hochstaden vorhat.

Ulrich, jetzt allein auf sich gestellt, trägt unter seinem weiten Reisemantel sein Schwert. Ausreichend Taler sind in einem Geldgürtel versteckt. Auch seinen Dolch und eine Gürteltasche hat er daran befestigt. Sein Pferd stellt er hier bei einem Bauern für guten Lohn unter. Mit einem Fischer handelt er einen annehmbaren Preis für die Überfahrt aus. Wenig später betritt er das Ufer des heiligen Köln, so genannt wegen seiner vielen Kirchen. Ein Torwächter fragt ihn freundlich und interessiert auf seine Gewandung mit dem Wappen vom Berg schauend im rheinischem Dialekt: »Jonge Mann, wohin des Wäächs?« [1]

»Zum Palast des Erzbischofs zu Köln!«

»Do häste hück äwwer kein Jlöck. Morje vieleech!« [2]

»Zuerst möchte ich zum Kloster der Dominikaner in die Stolkgasse.«

Bereitwillig weist ihm der Mann den Weg dorthin.

Ulrich ist überrascht von den vielen Menschen, die hier geschäftig durch die gepflasterten Straßen und Gassen eilen. Es sind Patrizier, reiche Handelsherren, die man hinter der Hand auch gerne Pfeffersäcke nennt, ebenso Mägde und Knechte, die Aufträge zu erledigen haben sowie Tagelöhner mit Lasten auf den vom schweren Gewicht gebeugten Rücken. Damen sind auf dem Weg zu den Märkten, dazwischen Karren mit Waren und voll beladene Fuhrwerke mit fluchenden Kutschern.

Als wäre das nicht genug, muss Ulrich einem Bauern ausweichen, der versucht, ein fettes Schwein durch das Gewühl zum

---

[1] »Junger Mann, wohin des Weges«

[2] »Da hast du heute aber kein Glück«

Schlachter zu treiben. Nach kurzer Zeit steht Ulrich vor dem Tor des Dominikanerklosters und bittet um Einlass. Ein unfreundlicher, dürrer Mönch will ihn zuerst nicht hereinlassen. Nach einem griesgrämigen Blick auf Gewand und Wappen lässt er von einem Novizen den Abt rufen. Dieser kommt nach einer kleinen Weile zum Eingangstor. Ulrich stellt sich vor und der Novize, so nennt man einen Mönch in der Vorbereitungszeit, zeigt ihm eine spärlich eingerichtete, aber saubere Kammer für die Nacht. Da es noch früh am Tag ist, begleitet ihn der Novize Anselm zum Bischofspalast.

Hier erhält Ulrich zur Antwort auf seine Bitte um eine Audienz beim Erzbischof: »Hück nitt. Kumm Morje widder!« [3]

Anselm hat vom Abt die Erlaubnis, Ulrich in die Stadt zu begleiten. So nutzt der Knappe die Zeit, um sich genau umzusehen. Viele Handwerker gleichen Berufes wohnen in gemeinsamen Vierteln. Er sieht die kleinen Häuser und Hütten in den jeweiligen Straßen mit ihren Werkstätten, Läden und Wohnräumen im Obergeschoss und den Unrat zwischen den Häusern. Der davon ausgehende, unangenehme Geruch ist nichts für empfindliche Nasen.

Ulrich nutzt die Zeit, sich mit Anselm unten am Rhein das stetige Treiben der Arbeiter im Rheinhafen anzusehen. Ankernde Schiffe werden entladen, andere wieder beladen. Ulrich sieht hohe Herren, die die Arbeiter antreiben, um die Waren von den Schiffen in Schuppen und Lagerhäuser zu bringen. Er bemerkt, dass uniformierte Zöllner Warenlisten abhaken und Zollgebühren kassieren, ob der Schiffseigner es will oder nicht. Er erinnert sich an die Kette, die in Alken die Mosel blockiert, damit Zoll eingenommen werden kann. Von den vielen Eindrücken ist

---

[3] »Heute nicht. Komm Morgen wieder«

Ulrich durstig geworden und sein Bauch grummelt vor Hunger. Anselm kennt ein gutes Brauhaus, in dem man neben einem anständigen Bier auch deftige Kost bekommen kann. Sogleich machen sie sich auf den Weg und stehen kurz darauf auf dem Heumarkt vor dem Brau- und Wirtshaus »Malzmühle.« Schon von draußen kommen ihnen Essensgerüche entgegen.

Beim Eintreten schallt ihnen lautes Gelächter und Gerede entgegen. Die Luft ist stickig, riecht nach Schweiß, Bier und Essensdünsten. Schankmägde eilen zwischen den Tischen umher und bedienen die Gäste.

Die beiden finden in der Nähe der Tür noch Platz an einem der Tische. Zwei reisende Tuchhändler aus Flandern sowie ein weiterer, bereits trunkener Handwerker sitzen dort.

»Nehmt Platz, junge Herren«, sagt einer der Händler. »Das Bier ist frisch und das Essen schmeckt. Hier seid ihr richtig«, und zu einer der Schankmägde: »Bringt rasch eine Runde eures schäumenden Getränkes an den Tisch für die neuen Gäste und uns!«

Ulrich lädt Anselm zu Speis und Trank ein und bald haben sie ein zartes Stück Braten vom Schwein und frisches Brot vertilgt.

Während der Novize sich die Finger ableckt, lässt Ulrich die Augen durch den Raum schweifen. Sein Blick fällt auf einen Mann, der gebeugt über einem Humpen Bier sitzt. Die Kapuze seiner schäbigen Gugel hat er so über den Kopf gezogen, dass man sein Gesicht kaum erkennt. Und doch kommt der Kerl Ulrich bekannt vor. An der Wange sieht er eine schlecht verheilte Wunde.

»Ja, ich kenne ihn, habe ihn schon mal gesehen«, sagt Ulrich mehr zu sich selbst. Ulrich erinnert sich wieder an den Mann und an den Wolf damals im Wald.

Der Unbekannte hebt gerade den Kopf, um einen weiteren Schluck zu trinken, als sich ihre Blicke begegnen. Der Mann wird fahl im Gesicht.

»Ho«, ruft Ulrich ihn an. »Sieh an, du bist Otto, der Wegelagerer und Tunichtgut.« Kaum hat er es ausgesprochen, springt dieser auf und rennt in Richtung der Tür.

Ulrich kommt vom Sitz hoch und will sich dem Flüchtigen in den Weg stellen, stößt allerdings mit dem Betrunkenen am Tisch zusammen und stolpert. Bevor er sich fangen kann, ist Otto an ihm vorbei. Doch mit einem Schreckensschrei stürzt dieser dann zu Boden.

»Haltet den Zechpreller!«, brüllt der Wirt und sogleich wird der Flüchtige von ein paar kräftigen Brauknechten niedergehalten. »So, du feines Bürschchen, dich übergeben wir jetzt erst einmal den Bütteln. Die Nacht wirst du im Hungerturm verbringen.«

Ulrich erklärt den anderen: »Als wir damals von meines Vaters Burg an die Mosel zogen, haben er und ein paar Spießgesellen versucht, uns zu überfallen und auszurauben. Die anderen drei konnten wir schnappen, nur er entkam. Welch ein Zufall, dass ich ihn nach all der Zeit wiedererkannt habe. Teilt den Bütteln meine Information über ihn mit.«

Anselm schaut Ulrich an und meint: »Und welch ein Zufall, dass ich gerade meine langen Beine ausstreckte, als er zu flüchten versuchte. Tut mir ja richtig leid, dass er darüber gefallen ist«, und schaut dabei Otto grinsend an.

Nach diesem Erlebnis verabschieden sich die beiden von den anderen und begeben sich zurück ins Kloster. Zufrieden sinkt Ulrich auf sein Nachtlager und träumt selig von Thurant und dem Fräulein Klara.

Beim Erzbischof

Am nächsten Morgen, gestärkt durch ein karges, aber nahrhaftes Frühmahl, geht Ulrich zurück zum Palast des Erzbischofs. Diesmal wird er eingelassen. Einige andere Bittsteller stehen schon vor der Tür des Bischofs, wo ein Wächter immer Einzelne hereinbittet. Als Ulrich endlich an der Reihe ist, betritt er langsam den Saal, in dem drei hohe Herren an einem Tisch sitzen. Vor einem der drei Kirchenmänner beugt Ulrich das Knie und küsst den Ring an der Hand, die ihm hingehalten wird.

Er steht auf, schaut den Erzbischof an und sagt: »Hochwürdigster Herr Erzbischof von Hochstaden, ich, Ulrich von Bensberg, komme im Auftrag meines Vaters Engelbert, dem dortigen Burgvogt, mit einer Nachricht. Gestattet, dass ich diese vortrage?«

Ulrich schaut den Erzbischof interessiert an, während dieser ihn ebenfalls aufmerksam mustert.

Ulrich wartet auf eine Antwort des Erzbischofs. Dieser bittet ihn nun mit einer Handbewegung, am Tisch Platz zu nehmen. »Sprich!«, sagt der Kölner knapp.

Ulrich atmet einmal tief durch und beginnt: »Mein Vater richtet eine große Bitte an Eure Eminenz. Unsere Burg in Bensberg liegt weit von Köln entfernt. Wir werden seit Jahren oft belagert und bedroht. Jetzt bittet mein Vater die hohen Herren um Hilfe. Gewährt uns Unterstützung, indem Ihr uns ein paar freie Ritter und Kriegsknechte sendet, damit wir uns besser wehren können.«

Der Erzbischof schaut seine beiden Bischöfe etwas irritiert an und antwortet:

»Wie lautet dein Name? Von Bensberg? Burg und Ländereien gehören den Herren von Berg, die mir nicht immer freundlich gesonnen sind. Sollen die euch zuerst helfen.«

Ein amüsiertes leichtes Lächeln überzieht das Gesicht des Erzbischofs, bevor er überheblich weiterredet: »Dennoch, anstatt sich selbst hierher zu bemühen, sendet er seinen Knaben. Wir kämen, wenn es sich für uns lohnt. Ich höre nichts von einer Gegenleistung. Vielleicht in Form einer Spende von tausend Silbertalern, als Spende für den neuen Dom und das Seelenheil Eures geliebten Vaters. Dann der unzufriedene Pöbel von Köln, er rebelliert wieder einmal gegen uns.«

Nach einem Augenblick des Überlegens fährt der Erzbischof fort: »Dazu rüsten wir im Moment eine Heerfahrt an die Mosel aus, um dort ein Raubritternest auszuheben. Die Trierer haben uns um Hilfe gebeten, weil sie es allein wohl nicht schaffen werden. Du siehst, wir brauchen jeden streitbaren Mann für uns selbst. Möge sich dein Vater unserem Heerzug anschließen und ich verspreche, ihm nach unserer Rückkehr ebenfalls beizustehen. Das kann allerdings noch lange dauern. Im nächsten Frühjahr soll es losgehen.«

Ulrich schluckt kurz und antwortet: »Unsere Burg hat nicht so viele Ritter, Söldner und Kriegsknechte, um Eure Eminenz zu begleiten, sonst würde ich nicht hier um Hilfe bitten. Ich werde meinem Vater Eure Nachricht weitergeben. Er wird sich entscheiden und Antwort senden.«

Mit einer knappen Handbewegung des Bischofs ist er entlassen. Ulrich steht auf und verlässt grußlos den Raum. Niemand der Würdenträger hält ihn auf.

Wieder in den Gassen Kölns steigt Zorn in Ulrich auf. Wütend tritt er nach einem streunenden Hund, der ihn mit gefletschten

Zähnen anknurrt. »Du hast Ähnlichkeit mit dem Erzbischof«, schnauzt er das verdutzte Tier an.

Ulrich findet es anmaßend und herablassend, wie der Erzbischof mit dem Volk umgeht. Der denkt immer nur an sich und nicht an das Wohl seiner Untertanen. Kein Wunder, dass die Kölner uneins mit ihm sind und immer wieder aufbegehren. Sein Weg führt ihn eilig zurück zum Kloster. Mühsam kämpft er sich durch das Gewühl in den Gassen. Ulrich wird von einem Bettler angesprochen: »Habt Ihr nicht ein paar Pfennige für einen armen Kölner Bettler, der weder Essen noch Unterkunft hat?«

Ulrich schaut ihn an. Zuerst will er nach seiner Geldkatze greifen. Doch dann sieht er plötzlich den gierigen Blick des Bettlers in Richtung seines Beutels.

»Leider kann ich dir nichts geben, da ich nicht mit Reichtum gesegnet bin.« Dabei wendet sich Ulrich ab, um weiter zu gehen. Da wird er unvermittelt von hinten angegriffen.

Der gerade noch lahm wirkende Bettler hat Ulrich mit einem Arm fest umklammert und hält ihm ein Messer an den Hals, so dass er kaum Luft bekommt. Mit der anderen Hand tastet ihn der Gauner nach Wertgegenständen ab.

Einen Augenblick später bemerkt Ulrich wütendes Geschimpfe und dass der Würgegriff lockerer wird. Er stößt einen Ellenbogen nach hinten, dreht sich gleichzeitig um und sieht zwei Marktfrauen, wobei eine mit einem Knüppel auf den Dieb einschlägt.

»Loss dä Jong zofridde du dreckelije Pattevuel«,[4] ruft die andere im Kölner Dialekt.

---

[4] »Lass den Jungen zufrieden du schmutziger Papierdrachen«

Im selben Moment hat die knüppelschwingende Frau zum finalen Schlag ausgeholt. Ehe sich der Bettler wegducken kann, wird ihm das Nasenbein zerschmettert. Aufheulend, die Hände vor dem Gesicht, verschwindet er in einer engen Gasse zwischen den Häusern. Nach einem kurzen Gespräch mit den Frauen bedankt sich Ulrich bei ihnen mit je einem Taler für die unverhoffte und schlagkräftige Hilfe.

Als Ulrich am Kloster ankommt, lässt ihn der griesgrämige Pförtner grußlos ein und Ulrich sucht umgehend den Abt auf, um ihn von seiner Abreise zu unterrichten, nicht ohne eine Spende für Speise, Trank und Übernachtung zu hinterlassen. Von dem Überfall auf ihn sagt er nichts. Er holt sein Bündel aus der Kammer und verabschiedet sich herzlich von Anselm, dem Novizen, der ihm als guter Kamerad zur Seite stand.

Zurück am Rhein sucht Ulrich eine Möglichkeit zum Übersetzen über den Rhein nach Deutz. Da erkennt er den Fischer wieder, der ihn tags zuvor über den Fluss gebracht hat. Der ist froh, sich auch heute einige Pfennige hinzuverdienen zu können. Ulrich findet sein Pferd bei dem Bauern gut versorgt im Stall vor. Am Abend sieht er die Burg seines Vaters im Abendrot stehen. Die Eltern und Ansgar sind glücklich, ihn unversehrt wieder zu sehen.

Ulrich schildert seinem Vater und Ansgar das Gespräch mit dem Erzbischof. Auch Ansgar ärgert sich ebenfalls über die hochmütige Aussage des Bischofs. »Erst schickt er uns die Rückgabeurkunde für die Burg und jetzt fällt ihm ein, dass er doch die Zolleinnahmen für sich vereinnahmen möchte. Wir werden uns darauf vorbereiten müssen, von einem gemeinsamen Heer aus Trier und Köln belagert zu werden. Eile ist geboten. Lasst uns morgen beim ersten Morgengrauen aufbrechen. Gebt euren

Knechten Bescheid, dass sie alles vorbereiten und wir nicht in Verzug kommen!«

Es ist noch dämmrig, da reiten Ulrich, Ansgar und die beiden Ritter der Ehrenburg wieder in Richtung Köln an den Rhein, um von dort ein Boot zu mieten, das die vier und ihre Reittiere nach Alken bringt. Im Dorf Deutz trifft Ulrich wiederum den Fischer, der hier mit seiner Familie wohnt und gerade seine Netze kontrolliert.

Er bringt die Ritter und Ulrich über den Fluss. Kaum sind alle auf der Kölner Seite angekommen, eilen vier einfach gekleidete Männer auf sie zu. Sie nehmen den Fischer zwischen sich, um ihn hin und her zu schubsen.

»Was wagst du dich, den Fährdienst über den Rhein zu übernehmen? Wir sind Fährleute des Erzbischofs und das ist unsere Arbeit. Dafür bekommst du einige Stockhiebe und her mit dem Fährlohn«, schnauzt ein grobschlächtiger Kerl der vier Männer den Fischer an. Als einer seinen Stock gegen den Fischer heben will, steht Ulrich plötzlich neben ihm und reißt ihm den Stock aus der Hand.

»Stopp«, ruft Ulrich. »Wenn ihr eure Aufgabe richtig erledigen würdet und an der Anlegestelle in Deutz gestanden hättet, wären wir mit euch gefahren. Also lasst sofort vom Fischer ab, sonst schicken wir nach den Bütteln und ihr steht schneller vor dem Tisch des Stadtvogtes, als ein Boot über den Rhein setzt. Was ist euch lieber?«

Zuerst sieht es so aus, als ob die anderen drei ihrem Kumpan helfen wollen. Doch sie bemerken, dass Ulrich nicht allein ist und zögern.

Da kommt Ansgar ein wenig nach vorne geritten. »Ihr vier Halunken solltet seine Worte bedenken. Ich kenne euren

Zunftmeister. Wenn dieser von eurem Handeln erfährt, dürft ihr ab morgen wieder als Tagelöhner Säcke schleppen. Und jetzt schleicht euch davon!«

Als die Männer fort sind, sagt der Fischer: »Ihr Herren scheint es eilig zu haben, flussaufwärts zu kommen. Ich kenne den Rhein auf dieser Strecke wie die Tasche in meinem Kittel. Der Wind steht ungünstig, so dass ihr nicht nach Koblenz segeln könnt. Mit einem Treidelboot seid ihr zu langsam. Sucht eine andere Möglichkeit, schnell zu reisen!«

»Wir reiten, so zügig es geht«, wendet sich Ansgar an seine Begleiter. »Übernachtet wird wie und wo es passt. Nehmt die Reisemäntel ab und schnallt die Waffen offen um! Dann hüten sich Wegelagerer, uns aufzuhalten.«

Kurze Zeit später sind sie in leichtem Trab auf dem breiten Handelsweg in Richtung Koblenz unterwegs.

Das Wetter meint es gut mit ihnen. Es bleibt trocken und die erste Nacht können sie in der Scheune eines freundlichen Bauern verbringen. Gegen ein Entgelt bereitet ihnen am Morgen die Bäuerin ein Frühstück und die Pferde erhalten eine gute Portion frisches Heu.

Im Laufe des Tages überholen sie eine Gruppe Pilger, zwei Handelszüge und ein paar Bauernkarren, die flussaufwärts ziehen. Erst als die Dämmerung hereinbricht, suchen sie sich abseits des Weges einen Lagerplatz für die Nacht.

Die Wachen werden eingeteilt, Ulrich erhält die ab Mitternacht. Man sammelt trockenes Holz in der Umgebung und entzündet ein Feuer. Nachdem sie aus ihren Proviantbeuteln zu Abend gegessen und aus einem mitgeführten Weinschlauch den Durst gelöscht haben, kriechen sie am wärmenden Feuer unter ihre Decken und Reisemäntel. Bald ist außer einem gleichmäßigen Schnarchen nichts mehr zu hören.

Um Mitternacht rüttelt jemand leicht an Ulrichs Schulter. Ansgar flüstert: »Ulrich. Mach die Augen auf. Deine Wache beginnt.« Er kriecht unter seinen wärmenden Mantel, während Ulrich sich langsam mit steifen Knochen erhebt und sich in die Nähe des niederbrennenden Feuers setzt.

Da ruft ein Käuzchen. Dann noch einmal. Ulrich schaut angestrengt in die Dunkelheit des Waldes. Knack! Stille. Knack! War da etwas? Nichts.

Nach einiger Zeit der Ruhe, Ulrich ist in Gedanken versunken. »Wölfe hört man nicht, wenn sie sich anschleichen. Doch sie kommen nicht ans Feuer.« Er legt Holz nach. »Füchse? Nein, aber Bären. Gibt es hier überhaupt Bären?«

Ein Geräusch, hinter ihm. Langsam dreht er sich um und ... zwischen ihm und der Feuerstelle steht ein Ungeheuer in der Dunkelheit. Die Pranken hoch erhoben, wirft es einen großen Schatten. Brummend reißt es sein Maul auf und streckt sich schüttelnd. Angriff ist die beste Verteidigung, denkt Ulrich. Zum Weglaufen ist es zu spät. Er greift nach seinem Schwert, um sich auf das Untier zu stürzen. Doch dieses ist schneller. Ein Hieb mit einer Tatze lässt Ulrich halb über die Feuerstelle fliegen, wo er mit einem Schrei auf einem der Ehrenburger Ritter landet. Dieser fährt von seinem Lager hoch, sein Schwert in der Hand.

»Was geht hier vor?«, ruft er laut, während er versucht, sich von dem auf ihm liegenden Ulrich zu befreien, der ängstlich umherschaut.

Da hört er die Stimme des zweiten Ehrenburger Ritters: »Ich werde wach, stehe auf und strecke meine steifen Knochen, als der Knappe mit seinem Schwert auf mich losgeht. Ich wusste mir nicht anders zu helfen als ihn mit einem leichten Klaps von mir zu halten.«

Ansgar beruhigt sie alle und ruft: »Und jetzt, liebe Freunde, Frühstück. Es dämmert schon.«

An frühen Nachmittag des dritten Tages geht es an Koblenz vorbei weiter Richtung Moseltal. Gegen Abend erreichen sie ungehindert den Ort Kattenes gegenüber von Alken.

»Hol über!«, schallt ihr Ruf über den Fluss und sogleich löst sich ein Fährboot vom Ufer. Ansgar bezahlt den Fährmann und die beiden Ehrenberger Ritter für ihre Dienste. Sie verabschieden sich, nicht ohne, dass Ulrich sich für die Begleitung bedankt.

Durch eines der Flusstore geht es bergauf und sie erreichen nach kurzer Zeit müde, aber doch froh, Burg Thurant.

Am Abend sitzen Burggraf Berlewin, Brennero, Ansgar, Olgert und Ulrich im Jagdzimmer. Ulrich gibt möglichst wortgetreu das wieder, was er vom Erzbischof erfahren hat.

Berlewin ist außer sich vor Wut und Entrüstung über das Gehörte.

Seine laute Stimme kann man überall auf der Burg hören. Brennero lässt ihn eine Zeit lang gewähren, dann umarmt er ihn kurz und sagt: »Beruhige dich, sende morgen einen Boten zum Pfalzgrafen Otto und informiere ihn über eine bevorstehende Belagerung. Ich denke, er wird uns einige seiner Ritter und anderes Kriegsvolk senden, wenn es zum Äußersten kommt. Die Handwerker von Meister Ottmar sollen ihre Arbeiten fortsetzen. Sie werden dafür sorgen, dass die Burg vor Angriffen weiter geschützt ist. Alles andere kann liegen bleiben. Wir haben noch einige Monate Zeit, sie werden erst im Frühjahr nächstes Jahr angreifen.«

Die kommenden Monate sind hektisch auf der Burg. Die Handwerker arbeiten Tag und Nacht, um die Burganlage noch sicherer zu machen. Meister Ottmar treibt die Handwerker an, ihre Arbeiten zügig zu verrichten. Alles soll gewissenhaft erledigt werden. Reinmar von Zweter ist von seiner Reise nach

Ulmen zurück und hat acht Kriegsknechte und zwei Bogenschützen von dort mitgebracht.

Das Jahr 1245 neigt sich langsam dem Ende zu. Es ist wiederum ein harter und eisiger Winter, der viel Schnee mit sich bringt. Die Wachen frieren bei ihrem Dienst auf den Wehrgängen und die übrigen Bewohner der Burg drängen sich zusammen, um sich zu wärmen. Trotzdem geht das Leben auf der Burg weiter. Das Vieh muss versorgt, Kleidung geflickt und Schuhwerk neu besohlt werden. Die Arbeiten an den Mauern ruhen in der Winterzeit. Um die Handwerker dennoch zu beschäftigen, übt Reinmar mit ihnen den Umgang mit Lanze, Keule und Wurfbeil. Ulrich freut sich, an den Abenden mit Klara hin und wieder in der Kemenate, dem einzigen, durchweg beheizten Raum der Burg, gemeinsam Bücher lesen zu können.

Feurio

Februar anno 1246. Recht früh werden die Tage wärmer und Eis und Schnee beginnen langsam zu schmelzen. Eisgang auf der Mosel setzt ein und am Zollturm zu Alken stauen sich dadurch die ersten Eisschollen. Mit langen Stangen versucht man, diese wegzuschieben, damit sie sich nicht zu hoch auftürmen und die Mauer beschädigen, die den Ort schützt.

Ulrich steht auf dem Wehrgang in einer windgeschützten Ecke, als er eine Glocke hört. Er lauscht genauer. Jetzt ertönt auch ein Hornsignal vom Turm. *»Feuer, Feuer!«* In der Burg wird es lebendig. Jeder, der nicht einer Arbeit nachgehen muss, eilt in den Burghof.

Schon kommt der Burgherr angestürmt und ruft: »Soeben erhielt ich Nachricht. Es brennt in der Nähe am Fallerport. Knechte, Knappen und die, die nicht gerüstet sind, eilt in den Ort! Helft den Betroffenen und rettet, was es zu retten gibt und löscht das Feuer! Lauft jetzt ohne Verzug!«

So schnell es auf dem noch gefrorenen Boden möglich ist, laufen die Angesprochenen zu Tal. Mitten dabei die Knappen Ulrich, Flo und Josh. Schneller als gedacht erreichen sie die Brandstelle. Hoch schlagen die Flammen aus einem Haus an der Stadtmauer. An einer Seite steht eine Frau mit zwei weinenden Kindern. Die Bürger haben zwei Eimerketten gebildet. Schwall auf Schwall kalten Wassers ergießt sich in die Flammen.

Da ertönt eine laute Stimme über den allgemeinen Lärm hinaus. »Lasst die Hütte brennen! Schützt die Häuser daneben, damit sich der Brand nicht ausweiten kann!«

Durch die eingetroffenen Helfer von Thurant gehen die Löscharbeiten besser von der Hand. Langsam stellt sich ein Erfolg der Anstrengungen ein, doch erst ein paar Stunden später heißt es: Feuer aus. Erschöpft sitzen die Helfer, von Rauch und Ruß geschwärzt, wie kleine Teufel auf der Treppe des Nachbarhauses zusammen.

»Euch sei Dank für die Hilfe von Thurant. Ohne die hätten wir es nicht so schnell, wenn überhaupt, in den Griff bekommen«, sagt ein Alkener, der zu ihnen getreten ist. »Hier, trinkt einen Schluck vom Würzwein. Das habt ihr euch verdient.«

»Sagt, Herr«, meldet sich Josh. »War`s die Hütte vom Seifensieder?«

»Richtig, aber es ist keiner im Haus geblieben. Alle konnten sich vorher rechtzeitig in Sicherheit bringen. Wir stehen hier zusammen und werden ihm alle beim Wiederaufbau helfen.«

Kurze Zeit später sieht man die Leute von Thurant einzeln oder in kleinen Gruppen, manche noch hustend vom Rauch, wieder zur Burg hinaufsteigen.

Hoher Besuch aus Heidelberg

Es ist März und vier Wochen nach dem Feuer in Alken. Für den Monat ist es ungewöhnlich mild und draußen treiben Obstbäume und Sträucher kräftig aus. Der Wald zeigt ansatzweise ein zartes Grün, als ein Wächter von der vorgelagerten Befestigung der Burg bei Berlewin vorspricht und ihm mitteilt, dass eine größere Gruppe von Leuten gesichtet worden ist, die in Richtung der Burg unterwegs ist. Wegen der Umhänge und Reisemäntel sei aber nicht erkennbar, ob es sich um Freunde oder Feinde handelt. »Sagt dem Türmer, er soll das Horn blasen und lasst die Zinnen besetzen!«

Rufe und Befehle hallen über die Höfe und binnen kurzer Zeit zeigt sich Thurant zum Kampf bereit. Berlewin selbst eilt mit dem Wächter zum vorgelagerten trutzigen Wehrturm, um sich die Ankömmlinge anzusehen. Nach einiger Zeit des Wartens hören sie die herannahenden Reiter und die Schritte des Fußvolks.

Berlewin erkennt anhand der Fahnen, die einige Pagen und Knappen tragen, dass es sich um seinen Pfalzgrafen Otto handelt. »Na endlich«, denkt Berlewin, »jetzt kann sich der Pfalzgraf selbst um die Angelegenheit kümmern.«

Er geleitet Graf Otto zur Kernburg und erteilt einige Anweisungen: »Richtet das Pfalzgrafenhaus zur Unterbringung unseres Herrn und hohen Gastes her. Gebt der Küche und den Schankmägden Bescheid. Die Knechtschaft kümmere sich um die übrigen Gäste, ihre Unterbringung sowie die Reit- und Lasttiere. Lasst Eile walten!« Noch während seine Stimme über den Hof schallt, sputen sich die Knechte, um den Befehlen nachzukommen.

»Ihr scheint die Sache hier gut im Griff zu haben«, sagt der Bayer Otto lobend zu seinem Burggrafen, während sie sich in einen Beratungsraum im Pfalzgrafenhaus zurückziehen. Ohne Umschweife schildert Berlewin seinem Herrn die Situation und erklärt seine Einschätzung zur bevorstehenden Belagerung.

Der Pfalzgraf überlegt lange über die Möglichkeiten, welche jetzt noch bleiben. »Der Isenburger von Trier ist ein ebenso großer Sturkopf wie der Kölner. Verhandlungen zu suchen, um deren Vorhaben abzuwenden, sind zwecklos. Nur ein Maßregeln von Seiten unseres Kaisers Friedrich könnte sie stoppen, doch ihn hat der Papst mit dem Bannspruch belegt. Ich selbst muss seinem Sohn beistehen und kann Euch kein Heer zur Verstärkung senden. Sucht weitere Verbündete, die zur Hilfe eilen. Außerdem, die Vorbereitungen, die ich hier gesehen habe, dürften die Bischöfe abschrecken, sich hier lange aufzuhalten.«

Berlewin schaut den Pfalzgrafen entsetzt an und fühlt sich plötzlich vollkommen allein gelassen und als wäre dies nicht genug, fügt dieser hinzu: »Wenn Ihr weiteres Kriegsvolk anwerbt, liegt es in Eurem Ermessen und geschieht auf Eure Kosten. Ich werde mit meinen Männern noch zwei Tage hier verweilen und anschließend mit meinem Tross weiterziehen. Ich wünsche Euch eine glückliche Hand bei der Verteidigung von Thurant, unseren Ländereien und Dörfern. Gott sei mit Euch, dass es gelinge.«

Nächtliche Gespräche

Dunkelheit liegt über den Mauern von Thurant.

Im Jagdzimmer flackert ein Feuer im Kamin und einige Kerzen erleuchten den Raum. Sie sitzen wieder zusammen: Berlewin von Alzey, der Burgherr, Brennero, Berater und Freund, Olgert von Alkena, Waffenmeister auf Thurant, Ansgar von Portas, als Söldnerführer, Ottmar von Ruitsch, der Baumeister, Reinmar von Zweter, der Dichter und Sänger sowie der Ritter Georg vom Bensberg und Ulrich.

Kein Lachen durchdringt den Raum und kein Scherz kommt ihnen über die Lippen. Angestrengt denken alle nach, welche Schritte unternommen werden müssen, um das aufziehende Unheil vielleicht noch abwenden zu können.

Schließlich unterbricht der Burggraf das Schweigen und teilt allen seine getroffene Entscheidung mit: »Wir müssen uns damit abfinden, dass man uns belagern wird. Wohlan, wir benötigen eine Menge Vorräte, die haltbar gemacht werden müssen, Wasser in den Zisternen und jedem verfügbaren Gefäß. Hört, Brennero wird sich mit Ulrich und einigen Söldnern auf den Weg Richtung Köln begeben.

Nehmt einige Wagen und Fuhrleute mit. Geht ins Gebiet um Köln, sucht Dörfer und kleine Städte, die auf dem Heerweg des Erzbischofs liegen. Nehmt ihnen alle Vorräte und bringt sie her. Soll der Bischof doch schon auf dem Hinweg Hunger leiden, wenn wir ihm das Futter wegnehmen.«

Und an Reinmar und Ansgar gewandt: »Für euch gilt desgleichen. Nur, dass ihr moselaufwärts zieht. Für den Rückweg beschlagnahmt Boote des Trierer Bischofs. Ihr alle könnt in gut zwei Wochen wieder auf Thurant sein. Sollen sie nur kommen. Wir werden sie gebührend empfangen und nun sammelt euch! Sobald der Morgen graut, seid ihr unterwegs.«

Die nachfolgenden Wochen sind für alle sehr anstrengend und mühsam. Sie ziehen mit ihrem Tross aus Reitern und Wagen auf Nebenwegen und verdeckten Wappen zuerst in die Städte am Rhein, die am weitesten weg liegen und dem Kölner Erzbischof Treue geschworen haben. Sie lagern versteckt vor den Augen der Torwächter. Sobald diese am Morgen das Stadttor öffnen, ziehen sie, die Kapuzen tief ins Gesicht gezogen, wie ein Handelszug an den Wachen vorbei. Kaum sind sie hinter den Mauern, galoppieren sie zum Marktplatz. Es ist immer das Gleiche. Den Bürgermeister noch im Nachtgewand aus dem warmen Bett zu holen, ist die Aufgabe von Ulrich und ziemlich ungefährlich. Trotz seines Gezeters wird er kurz in die Pferdetränke getaucht, damit er richtig wach wird.

Die Söldner sichern die Gegend, und Brennero übergibt dem Bürgermeister ein Schreiben, welches dieser dem herbeigeeilten Volk laut vorliest. Geschockt von dem frühmorgendlichen Überfall schleppen sie die geforderten Vorräte herbei und beladen die inzwischen eingetroffenen Wagen des Trosses. Brennero warnt die Bürger, über den Besuch etwas gegenüber dem Bischof verlauten zu lassen. Würden sie es dennoch tun, käme er mit tausend Mann zurück und würde ihre Stadt niederbrennen. Diese Drohung reicht meist aus, die Menschen einzuschüchtern. Schnell, wie sie kamen, sind sie wieder verschwunden, froh, nicht kämpfen oder Verluste beklagen zu müssen.

Auf dem Rückweg nach Thurant.

Mit hoch beladenen Wagen kehren sie nach zwölf Tagen an die Mosel zurück. Einen Tag später trifft auch Reinmar mit seiner

Gruppe ein. Seine Schiffe liegen tief im Wasser und führen reiche Beute mit.

Die Aufgaben für die Knappen sind nur noch auf das Üben mit Waffen und Verteidigung beschränkt. Kämpfen und Abwehr. Ritter Ansgar von Portas wird mit der Aufgabe betraut, neue Söldner anzuwerben.

Berlewin ist hoch erfreut über die Beute. Trotzdem ist er unruhig und lässt Ritter Brennero zu sich kommen.

»Hör zu, Brenner, ich habe ein schlechtes Gefühl in der Magengegend. Ich würde gerne schon im Vorfeld wissen, wann sich Hochstaden auf den Weg macht. Nehme dir ein paar Ritter, und reite in die Gegend, von wo das Heer aus Köln zu uns kommen muss. Lasse auch Josh und Ulrich mit reiten, so können sie etwas lernen.«

Köln im Frühjahr anno 1246

Das letzte halbe Jahr hat Erzbischof Konrad von Hochstaden damit verbracht, das Zusammenstellen des Heeres für den Marsch nach Thurant zu überwachen.

Alle umliegenden Burgen und Grafschaften wurden von diesen aufgesucht, um Kriegsvolk anzuwerben. Die Herren vom Berg, ebenso wie die Grafen von Jülich, verweigern Konrad den Treueeid und schließen sich dem Feldzug nicht an. Verärgert droht der Erzbischof für die Zukunft Vergeltung an. Doch darüber lächeln die Burggrafen, unter ihnen auch Engelbert von Bensberg.

Konrad I. lässt die im Zeughaus von Deutz in Einzelteile zerlegten, eingelagerten Kriegs- und Belagerungsmaschinen, wie Katapulte und Steinschleudern, sogenannte Bliden, auf flache Rheinschiffe verladen. Ein Ritter wird in geheimer Mission zum Erzbischof von Mainz gesandt. Dort soll eine mächtige Steinschleuder für den Sturm auf Thurant ausgeliehen werden. Der Reiter nimmt zwei Satteltaschen voll Münzen mit, um die Leihgebühr sowie die Transportkosten und die Mannschaft, welche das Ungetüm zu bedienen weiß, zu bezahlen. Man erwartet die Steinschleuder in Koblenz. Dort soll man auf das Kölner Heer warten.

Es macht den Kölner Bischof wütend, dass der Trierer sein Heer in Marsch gesetzt hat und vor ihm in Alken eintreffen wird. Ebenso tobt er, als er erfahren muss, das Berlewin mit einer Truppe in sein Herrschaftsgebiet eingedrungen ist und Städte und Dörfer geplündert wurden. So fehlen ihm Vorräte zur Versorgung seiner Männer. Das ist für ihn eine weitere Verzögerung.

Zu diesem Zeitpunkt kniet Engelbert von Bensberg mit seiner Frau in der Burgkapelle und lässt eine Messe lesen. Ulrich wird in den Gebeten mit erwähnt.

Etwa zur gleichen Zeit in einem Wald bei Andernach am Rhein. Eine Gruppe von Männern lagert - etwas versteckt - abseits der Handelsstraße und richtet ein Lager für die Nacht ein. Ungewöhnlich ist, dass man die mitgeführten Wagen mit Astwerk und Laub tarnt. Ein Feuer wird nicht angezündet und es ist still wie bei einem Trauerzug. Die Männer unterhalten sich, nur flüsternd. Die Hufe der Pferde sind mit alten Lappen umwickelt und sie haben Futtersäcke umhängen. Zwei Wachen sind am Hauptweg postiert. Einer hat es sich auf einem Baum bequem gemacht. So überschaut er weite Teile des Weges. Der andere liegt in einem dichten Gebüsch und kaut auf einem Grashalm.

»Da kommt ein einzelner Reiter. Dem Geräusch nach dürfte er Rüstzeug unter dem Mantel tragen. Kein Wappen zu sehen«, flüstert er leise von oben und schon rennt der zweite Posten ins Lager.

Inzwischen hat sich der Reiter weiter genähert. Kaum ist er in gemächlichem Trab in Höhe des besagten Baumes, sieht er sich unverhofft einem aus dem Nichts gespannten Seil gegenüber. Bevor er reagieren kann, reißt es ihn aus dem Sattel. Während einer der herbeigeeilten Männer das Pferd einfängt, haben ihn ein paar andere am Boden gepackt und gefesselt.

Alles geschieht so schnell, dass dem Unglücklichen keine Zeit verbleibt, sein Schwert zu ziehen, um sich zur Wehr zu setzen.

Im Lager sagt Ritter Brennero: »Mal sehen, was für ein Vögelchen uns da ins Netz gegangen ist. Sagst du es uns freiwillig oder müssen wir es aus dir herauskitzeln?« Dabei spießt er mit dem Dolch ein paar Blätter auf.

»Ich bin Theoderich, Gesandter seiner Eminenz, des Erzbischofs zu Köln. Lasst mich unbehelligt ziehen, sonst wird es Euch reuen«, kommt es hochtrabend aus dem Mund des Gefangenen.

»Es stimmt, was er sagt«, bestätigt Ulrich, dabei wirft er zwei schwere, mit Silbermünzen gefüllte Satteltaschen vor Ritter Brennero. »Und diesem Schreiben nach wollte er – indirekt – zu uns.«

»Wieso das?«, staunt Brennero und schaut Ulrich an.

»Hier im Schreiben steht, die Münzen sind die Leihgebühr an den Mainzer Bischof für eine gewaltige Blide und mit dieser will der Erzbischof Hochstadens Heer zu uns nach Alken schicken.«

Ritter Brennero lächelt in die Runde: »Dann nehmen wir die Münzen und schicken den feinen Herrn in Unterhosen zu seinem Erzbischof nach Köln zurück. Ohne Sattel.«

Gesagt, getan. Augenblicke später galoppiert der erzbischöfliche Bote, rückwärts auf einem der Packtiere hockend und unfein anzusehen, in Richtung Köln.

In Trier ist der Heerzug von Erzbischof Arnold II. von Isenburg mit achthundert Männern, bestehend aus Rittern, Kriegsknechten, Söldnern, Knappen, Pagen, Fuhrleuten und Schiffsführern schon in Richtung Alken aufgebrochen. Alles Lager- und Rüstzeug sowie Waffen sind bereits verladen.

Die beiden Erzbischöfe haben sich geeinigt, mit schnellen Reitern wichtige Briefe zuzuleiten. Somit ist jeder darüber informiert, wie weit die Vorbereitungen in Köln und Trier gediehen sind.

Gerade hat Erzbischof Arnold II. dem Kölner einen Brief geschrieben und sendet diesen mit einem Boten an den Rhein. Der Bote wählt hierfür den kürzesten Weg und reitet quer durch die Wälder der Eifel.

Hochmoore und Maare versperren dem Reiter den Weg. So dauert es nicht lange, bis er sich vollkommen verirrt. Unvermittelt scheut sein Reittier vor einem wilden Tier. Während der Reiter im feuchten Morast landet, rennt sein Pferd davon. Mit ihm der Brief des Bischofs, welcher in der Satteltasche steckt. Erzbischof Arnold will auf jeden Fall vor den Kölnern in Alken sein und mit Glück die Burg genommen haben, bevor Konrad von Hochstaden mit seinem Heer dort eintrifft. Schließlich muss das, was man schon erbeutet hat, nicht geteilt werden

Hinter den Mauern

Nach einigen Wochen der Abwesenheit des Spiones von Berlewin, der in Trier den Abmarsch des Heeres beobachten sollte, trifft dieser verschwitzt und müde wieder auf Thurant ein. Er berichtet wahrheitsgetreu, was er gesehen oder gehört hat. Schnell wissen alle auf der Burg, dass zwei Heere aus Trier und Köln nach Thurant unterwegs sind.

Die Wochen ziehen sich langsam hin. Die Wachen auf den Mauern und Türmen werden seit einiger Zeit in kürzeren Abständen gewechselt. Damit will Berlewin verhindern, dass eine der Wachen wegen Übermüdung einschläft.

Am Abend des 15. Mai 1246 sieht ein Wächter auf dem Turm die Ankunft der Vorhut des Heeres aus Trier. Laut schallt das Alarmsignal seines Hornes durch die Abendstunden. In der Nacht hört man in der Ferne, wie diese ihr Lager für die Nacht aufstellen. Ein Klopfen, Lachen, manchmal sogar einige musikalische Töne einer Fidel sind zu hören.

Am anderen Morgen steht jeder, der in der Burg abkömmlich ist, auf einem der Wehrgänge und beobachtet die Vorgänge im Tal.

»Sie machen sich auf unserem Streitacker, dem Turnierplatz, bis hinunter zum Moselufer breit«, sinniert der Burggraf, der mit Ansgar und Georg auf einem Wehrturm steht.

Berlewin fragt Ulrich, der ebenfalls zu den dreien stößt: »Was ist? Heute kein Unterricht?«

»Fällt aus, Herr. Der Mönch hat zwischen seinen Gebeten nur Zeit zum Essen, nicht für uns Knappen.«

»Schätze, es werden inzwischen siebenhundert bis tausend Mann sein«, meint Ritter Brennero, der hinzugetreten ist. »Das Hauptheer ist gelandet und der übrige Tross liegt noch in Booten auf dem Wasser.«

»Wir sind hier oben mit unseren achtundneunzig Leuten gut aufgestellt«, meint Ansgar. Er spuckt über die Zinne und ruft hinunter: »Kommt und holt euch die ersten Beulen in eure Helme!«

»In Alken ist alles dicht, die Mauern werden einem Ansturm standhalten. Die Bauern, Winzer und Handwerker haben sich zusammengeschlossen und versuchen, ihre Stadt zu halten. Außerdem werden sie von ein paar Kriegsknechten, die dort mit ihren Familien wohnen, angeführt«, bemerkt Georg.

Die Knappen wurden in den letzten Tagen jeweils einem Ritter zugewiesen, dem sie zu dienen haben. Ansgar von Portas hat mit Ulrich gesprochen, ob er seinen Knappendienst bei ihm verrichten möchte. Natürlich hat dieser sofort zugestimmt. Die Antwort von Ansgar war: »Heimat verpflichtet, wir beide werden uns gut verstehen.«

Tags darauf nähert sich ein Reiter aus dem Trierer Lager der Burg. Ein weißes Tuch flattert an einer hochgehaltenen Lanze.

Der Reiter ruft zu den Zinnen hinauf: »Ich, Andreas von Ehrang, Vasall des ehrwürdigen Erzbischofs, seiner Eminenz Arnold von Isenburg zu Trier, fordere Euch auf, uns die Veste Thurant zu übergeben. Wir versichern Euch und allen, die sich hinter den Mauern befinden, freies Geleit. Mitnehmen könnt ihr all Euer Gut, das Ihr tragen könnt. Ebenso bleibt der Ort Alken von jedem Übel verschont. So das Angebot unseres hohen Herrn.«

Berlewin tritt an die Brüstung und schleudert seinerseits die Worte hinunter: »Schert Euch fort, stoßt zum Abschied von mir aus ins Horn, welches Ihr umhängen habt. Gebt der Mähre, die Ihr Ross nennt, die Sporen und trabt zurück zu Eurem Bischof, der zu feige ist, um selbst hier zu erscheinen. Auch könnt Ihr ihm ausrichten, dass er sein Lager abbrechen und sich schnellstens wieder auf den Heimweg machen soll. Ihr nennt mich in Euren Reihen Graf Zurno, den Zorn von Thurant. Also sehet zu, dass Euch dieser nicht erreicht und samt und sonders auffrisst.« Damit tritt er von der Brüstung zurück und grinst die Umstehenden an. Ist es nun Mut oder Verzweiflung vor dem, was nun geschieht, überlegt Ulrich.

Die Kölner vor Thurant

Eine Woche später trifft das siebenhundert Menschen zählende Heer von Erzbischof Hochstaden vor Alken ein. Da an der Alkener Lay nur bedingt Platz ist, muss ein Teil der Kölner zwischen den Trierern und dem Stadtgraben am anderen Ende von Alken seine Zelte aufbauen, ein Übel, weil die Verständigung innerhalb des Heeres nur mit einem Boot über die Mosel erfolgen kann. Jede Fahrt birgt ein Risiko, denn auf den Wehrgängen von Alken lauern einige recht gute Bogenschützen. Sechs Ochsen und viele Knechte ziehen oder schieben derweil die große Steinschleuder, welche man entladen und montiert hat, in Position. Am anderen Morgen stehen Berlewin, Ansgar, gefolgt von Ulrich sowie Olgert auf dem Wehrturm und sehen unter sich ein großes Gebiet, das mit Zelten übersät ist. Überall steigt Rauch von Kochstellen auf. Auch bemerken sie, dass eine mächtige Steinschleuder herangeschafft wurde. Der Erzbischof hat sie auf dem Marsch nach Alken in Mainz mit neuen Silbermünzen bezahlt und geliehen. Sie soll sicher ausprobiert werden. Und tatsächlich! Ein schwerer Stein wird in eine Ledertasche gerollt. Jetzt spannen einige Kriegsknechte mit Hilfe zweier Laufräder ein Doppelseil am Ende des Wurfarms, an der die Ledertasche befestigt ist, nach unten. Ein Kriegsknecht löst die Verriegelung für die Seile. Immer schneller hebt sich der lange Wurfarm und pfeifend fliegt der Stein durch die Luft. Er schlägt in einem der Weingärten ein und rollt dann wieder zurück ins Lager. Schreie und Flüche schallen bis auf die Burg. Die Schleuder kann nicht näher an die Burg gefahren werden, denn nach einigen Metern beginnt der Berghang zur Burg. Als Erzbischof Hochstaden in Köln davon Kenntnis erhält, ärgert er sich maßlos, dass er zweimal zwei Satteltaschen mit Talern dafür umsonst ausgegeben hat. Auch war die Schinderei auf dem Weg nach Thurant erfolglos.

Reinmar wendet sich an Olgert und Ulrich: »So vernichten sie sich von selbst. Kommt einmal mit. Ich will euch etwas zeigen. Schaut her«, erklärt er, als sie den Rundturm mit der dort aufgestellten Balliste erreicht haben. »Auf meinen Reisen habe ich ein altes Rezept erwerben können, mit dem man ein Pulver zusammenstellt. Alles Nötige habe ich hier oben beim Wundarzt gefunden. Hier, den Schaft des Speeres für den Wurfarm habe ich ausgehöhlt und mit dem Pulver gefüllt. Es heißt griechisches Feuer und lässt sich mit Wasser nicht löschen.« Er lächelt über die staunenden Gesichter seiner Begleiter.

Olgert spannt den Federbogen des Wurfarms arg stramm. »Wenn ich den brennenden Kienspan an den mit Öl getränkten Lumpen halte, löst du, Ulrich, den Spannhaken. Verstanden?«

Die beiden tun, was ihnen aufgetragen und als Ulrich den Haken löst, saust der Pfeil mit lautem Zischen in Richtung des Kölner Lagers und der großen Blide. Sie beobachten den Einschlag knapp neben der Kriegsmaschine und sehen, wie der Schaft durch die Wucht zerbirst. Feuerzungen spritzen nach allen Seiten und schon brennen ein Zelt und einige Ballen Stroh.

»Das war nur einer unserer Knappen«, brüllt Olgert hinunter zum Kölner Lager. »Wartet nicht, bis unsere wilden Männer euch holen.« Doch dort achtet niemand auf ihn. Man hat genug damit zu tun, die Schleuder zurückzuschieben und ein Ausbreiten des Feuers zu verhindern.

»Beim nächsten Schuss muss ich besser zielen«, brummt Reinmar vor sich hin und geht, ein Lied pfeifend, zur Burgküche.

Entführt

Seit drei Tagen nun wird die Burg belagert. Zwei eher unlustig vorgetragene Versuche, die Burg oder einmal die Stadt Alken anzugreifen, schlagen fehl. Die Verteidiger sind standhaft bei ihrer Gegenwehr.

An einem Sonntag wird Klara zu früher Stunde geweckt und zu ihrer Mutter gerufen. »Klara, wir müssen etwas klären, ich möchte dich bitten, einige deiner Sachen zu packen. Du wirst mit Edelfräulein Blanceflor zur Ehrenburg gebracht. Dort bist du in Sicherheit. Ich komme in einigen Tagen nach. So ist es von Berlewin und mir beschlossen und bedarf keiner Diskussion.«

Sofort nach diesem Gespräch geht Klara in ihre Kammer, um ihre Kleidung und ein paar andere Habseligkeiten zu packen. Zwei Diener nehmen die Truhen von Blanceflor und Klara und tragen sie zu einem unauffälligen Wagen. Der Fuhrknecht und ein Diener sollen als Begleitung ausreichen. Ulrich hat beim Verladen der Truhen geholfen und steht jetzt etwas verloren neben dem Wagen. Klara beugt sich nochmals zu ihm herunter. »Sei unbesorgt, Ulrich. Es dauert bestimmt nicht lange und wir sehen uns wieder.«

»Ihr fahrt einen Umweg«, erklärt Olgert den beiden Männern. »Der Ring der Belagerer ist noch durchlässig. Seht zu, dass ihr bei der alten Mühle nach links durchs Bachtal in Richtung Pfaffenheck zieht. Dort biegt nach rechts auf die alte Römerstraße. Nach zwei Wegstunden zweigt rechts ein Holzfuhrweg in Richtung der Ehrenburg ab. Gott behüte euren Weg. Und jetzt fort mit euch. Eile ist geboten.«

Ulrich beobachtet die Abreise, bis der Wagen im morgendlichen Nebel verschwindet. Ächzend wird die Brücke der Vorburg wieder hochgezogen, und das Fallgitter senkt sich nach unten, bevor sich die schweren Torflügel schließen. Am Mittag hört man in der Burg, dass ein Pferd in Richtung Zugbrücke unterwegs ist. Der Wächter gibt Entwarnung, da er den Reiter erkannt hat. Im Sattel hockt vornübergebeugt der Diener, der an Armen und Beinen stark blutet.

Rufe nach dem Burggrafen werden laut, nachdem man den Verwundeten eingelassen und ihm vom Pferd geholfen hat. Berlewin eilt gerade herbei und der Diener berichtet, dass es kurz vor der Wegbiegung zur Ehrenburg einen Überfall gab. Herumstreifende Söldner der Kölner Belagerer hätten den Wagen angehalten, den Fuhrknecht mit einem Schwerthieb so schwer verletzt, dass er noch am Wegrand verstarb.

Beide Frauen wurden unter Androhung, sie zu töten, gefragt, wer sie sind und wohin sie wollen. Ungeachtet der Gefahr, in der sie sich befinden, hat Blanceflor sofort angefangen zu sprechen und den Söldnern mitgeteilt, dass sie auf dem Weg zur Ehrenburg seien. Den ebenfalls durch einen Schwerthieb verletzten Diener ließ man unbeachtet liegen. Er hörte noch, dass beide Frauen von den Söldnern in das Heerlager gebracht werden sollen. Mit dem zurückgelassenen Wagenpferd sei er dann zurück zur Burg geritten.

Der Burggraf ist außer sich vor Wut. Klara in den Händen von Erzbischof Hochstaden. »Jetzt hat der Erzbischof gute Argumente, unsere Burg schnell und kampflos einzunehmen«, teilt er gerade den umstehenden Rittern mit, als Ulrich aus dem Knappenhaus tritt und den letzten Satz hört.

Sofort stürmt er zu den Rittern. »Was höre ich, Klara ist in den Händen der Angreifer?«

Ansgar, der neben ihm steht, legt eine Hand auf seine Schulter: »Beruhige dich, mein Freund. Blanceflor ist bei Klara. Hochstaden hat zwar die beiden Frauen in seine Hände bekommen, er wird ihnen aber nichts tun. Schon deshalb nicht, weil sie ein echtes Faustpfand für ihn sind. Habe also keine Angst.«

Die folgende Nacht liegt Ulrich auf seinem Lager und wälzt sich unruhig hin und her. Er denkt an Klara, die er in den letzten Monaten liebgewonnen hat.

»Ich muss sie retten, ich muss beide retten. Aber wie? Dafür muss ich aus der Burg raus, ohne dass es einer merkt. Kann ich mich Ritter Ansgar anvertrauen? Morgen werde ich ihn fragen.«

Die anderen beiden Knappen haben ebenfalls erfahren, was geschehen ist, lassen ihn in Ruhe. Im Augenblick.

Befreiungspläne

Nach dem praktischen Unterricht, dieser wird, trotz der geänderten Verhältnisse, fortgesetzt, fragt Ulrich Ritter Ansgar, ob er ihn persönlich sprechen dürfte.

»Komm nachher in meine Kammer, da kannst du deine Fragen loswerden«, antwortet Ansgar. Ulrich freut sich zwar, hat aber ein mulmiges Gefühl im Bauch, als er an die Kammertür des Ritters klopft.

Ansgar öffnet und bittet ihn herein.

»Mein lieber Ulrich, jetzt bist du schon im dritten Jahr und nicht nur Berlewin und Brennero sind überzeugt, dass du in ein paar Jahren ein guter Ritter wirst. Was treibt dich zu mir, obwohl Olgert dein Ausbilder ist.« Ulrich schaut dem Ritter offen ins Gesicht und lächelt.

»Ich möchte Klara helfen, aus dem Lager der Kölner zu entkommen. Auch auf die Gefahr, selber gefangen zu werden. Wie, weiß ich noch nicht. Ich mag Klara und muss sie retten.«

Ansgar lächelt, setzt sich in einen Sessel und schaut Ulrich streng an. »Du lebst jetzt schon die Tugenden der Ritter, die Liebe, ganz wichtig und menschlich, die Tapferkeit, die du schon seit langem hegst und pflegst. Das Gefühl der Gerechtigkeit hast du auch in dir.« Ansgar lächelt Ulrich an und sagt mit einem zwinkernden Auge: »Aber, es fehlt dir noch an Weisheit und am Glauben, es zu schaffen. Du bist jung, du hast Mut. Den braucht man und daher helfe ich dir. Noch etwas. Nur die Personen, die unbedingt davon wissen dürfen, werden in den Plan eingewiesen. Sonst niemand. Hörst du. Niemand. Ich will genauso wenig wie du mit dem Galgenberg Bekanntschaft machen.« Beide schweigen und hängen ihren Gedanken nach. »Wie willst du Klara und Blanceflor aus den Fängen der Kölner holen?«

Ulrich überlegt kurz: »Ich muss runter ins Lager. Ich kann mit meiner braunen Tunika ungehindert durch das Lager laufen, hoffe ich wenigstens. Zumindest werde ich nicht so schnell erkannt. Wenn man mich anhält, gehöre ich zum Tross des Erzbischofs. Am Dialekt soll es nicht scheitern. Ich suche nach den beiden Frauen. Ich hoffe, dass ich sie finde.«

Ansgar schaut Ulrich interessiert, aber doch etwas zweifelnd, an. Er hebt seinen Kopf, schaut Ulrich an und lächelt. »Wie ich schon sagte, ich helfe dir, ungehindert aus der Burg raus und wieder rein zu kommen. Aber es ist ein Geheimnis, das nur Berlewin und ich kennen, daher darf kein anderer davon wissen. Versprich mir das. Du musst wissen, dass du allein da unten bist und dir keiner helfen kann. Wann willst du los?«

»So schnell wie möglich, am besten morgen Abend. Dann habe ich die Nacht und versuche, mich am Tag so gut wie möglich zu verstecken.«

Ansgar schaut mit seinen Augen in die Ferne. Ulrich sieht, dass der Ritter im Moment mit seinen Gedanken allein sein will und stört ihn deshalb nicht.

Einige Minuten später wendet sich Ansgar an Ulrich: »Ich werde in der übernächsten Nacht zwei Pferde in der Nähe der äußersten Ringmauer und des Torbogens anbinden. Dort sind Wächter. Einen von ihnen werde ich informieren, dass in der Nähe zwei Pferde stehen. Diese Pferde werden am Morgen hereingeholt und am Abend wieder nach draußen gestellt. Zwei Nächte lang. Nur der Wächter ist informiert, er gehört zu meiner Ritterschaft und wird nichts verraten. Du kannst nur bei

Dunkelheit die Pferde an der Mauer finden und auch nur in der Nacht, mit den Frauen oder allein, aus dem Heerlager verschwinden. Sollte es doch am Tage passieren, musst du sehen, dass du dich immer so tarnst, dass dich niemand sieht. Eines der Pferde hat ein weißes Tuch im Sattel. Das ist das Zeichen, damit du vom Wächter erkannt wirst.

Du kannst die Pferde auch nutzen, um sofort zur Ehrenburg zu reiten. Blanceflor kennt den Weg. Ob du allerdings auf dem Geheimweg zurück in die Burg kommst, bezweifle ich, der Weg ist steil. Wir sehen uns morgen Nachmittag nach der Übung mit dem Schwert, mein Knappe. Sollte ich gefragt werden, wo du bist, werde ich schweigen. Viel Glück morgen.«

Der Geheimgang

Der Tag verläuft wie gewohnt. Frühgebet, Unterricht beim Mönch, Mittagsmahl, Unterricht auf dem Übungsplatz. Ansgar lässt es überwiegend bei theoretischen Anweisungen, um Ulrich nicht zu ermüden. Inzwischen kommen ihm Zweifel, ob der Plan überhaupt gelingen kann. Die laute Stimme des Burgherrn reißt ihn aus seinen Gedanken: »Ulrich, sofort zu mir! Ich habe mit dir zu reden!«

Im Jagdzimmer angekommen, fährt er ihn an: »Glaubst du, deine Pläne bleiben vor mir verborgen, mir, den man Zurno nennt? Ich musste mir zwar den von Portas vornehmen, doch meine Drohung, ihn andernfalls im Eisenkorb außen an die Mauer zu hängen, löste letztlich seine Zunge.«

Ulrich möchte am liebsten im Erdboden versinken »Herr, ich habe vor, äh, ich wollte doch nur. Entschuldigt, versteht doch«, stottert er mit gesenktem Kopf.

Er spürt eine schwere Hand auf seiner Schulter und eine ruhige Stimme sagt: »Kopf hoch, Junge! Ich habe volles Verständnis für dein Vorhaben. So höre auf meinen Rat. Handle nicht unüberlegt. Der Herrgott schütze dich auf deinem Weg. Und jetzt gehe, der Ritter wartet auf dich.«

Ulrich bringt vor Staunen kein Wort heraus, freut sich über den Sinneswandel und geht leise aus dem Raum. Er hört noch die letzten Worte Berlewins, der mehr zu sich selbst sagt: »Wenn Frau Irmingard davon erfährt, hängt sie mich in den eisernen Korb!«

Ulrich steigt auf den Bergfried. Oben auf dem Turm unterhält er sich kurz mit dem Wächter, der ihm sagt, dass nichts Auffälliges passiert ist. Sehnsuchtsvoll geht sein Blick in das Kölner Heerlager. Er sieht Hektik bei den Kriegsknechten und Gelassenheit bei einigen Rittern. Da bemerkt er, wie zwei Frauen aus einem Zelt herausgeholt werden. Man führt sie an einen Wasserbottich, an dem sie sich unter den Augen der Wächter frisch machen dürfen. Leises Gelächter dringt nach oben, dass aber sofort von einem Ritter unterbrochen wird, der die Wächter mit einem Stock davon scheucht. Ulrich merkt sich genau die Lage des Zeltes und freut sich, dass er nun weiß, wo er in der nächsten Nacht suchen muss.

Er streicht noch einmal durch die Burganlage. Von seinen Kameraden hört und sieht er nichts. Vom Training erschöpft, liegen sie wahrscheinlich schon auf ihren Lagern. Wie zufällig trifft Ulrich auf den Ritter Ansgar und beide schlendern unauffällig in Richtung des Ziegenstalls.

»Schau dort auf die Wand. Siehst du das kleine Viereck knapp über dem Boden, da, wo die Spinnweben sich im Wind bewegen? Hinter der Luke gibt es einen Gang hinunter in Richtung Bachtal. Beim Verlassen des Tunnels prüfe die Tarnung sorgfältig und halte dich links«, rät ihm der Ritter. »So kommst du in die Nähe des Lagers an der Alkener Lay. Wenn du vor dem Lager bist, steht hinter dir der äußere Wehrturm. Dort findest du auch die Pferde. Vergiss nicht, dein Kurzschwert in alte Lappen zu wickeln. Vermeide alles, was auffällige Geräusche verursacht. Sollte es zum Äußersten kommen, kämpfe um dein Leben. Denke daran, was Olgert dich gelehrt hat. Dass du es kannst, hast du in den letzten Monaten bewiesen. Wir treffen uns bei Beginn der Dunkelheit.«

Innerlich aufgewühlt, geht Ulrich ins Knappenhaus und steckt vorsorglich eine graue Tunika zum Schwert in einen Beutel. Die anderen sollen ja nichts von seinen Vorbereitungen mitbekommen.

Gestärkt durch das Abendessen, mit Gemüse, Obst, ein wenig Fleisch und Dünnbier, verlässt Ulrich den Raum und spaziert durch den Rosengarten. Er hat vom Abendessen heimlich Obst, Käse und Brot für unterwegs eingesteckt. Beim Spaziergang denkt er an Klara. »Herr, wenn es dich da oben gibt, hilf mir, Klara und Blanceflor da unten zu retten.«

Langsam wird es dunkel und er geht in Richtung Ziegenstall. Dort steht schon Ansgar, der ihm Glück wünscht.

»Pass auf den Ziegenbock auf, er ist böse.«

»Aber nur auf Euch«, flüstert Ulrich gezwungen heiter.

Langsam und vorsichtig öffnet er die Verriegelung und dann die Luke. Neugierig kommt der Bock auf ihn zu. Ansgar will ihn warnen. Doch das Tier lässt sich von Ulrich streicheln. Verblüfft schaut der Ritter die beiden an.

»Hier, Knappe, dein Beutel und jetzt los. Es ist nicht weit. Taste dich vor und halte den Kopf unten. Du sollst wissen, dass ich die Luken nur anlehne, damit du jederzeit wieder hier hereinkommen kannst.«

Dankend nimmt Ulrich den Beutel und bückt sich in Richtung der Öffnung. Spinnweben bleiben in seinem Haar hängen.

Langsam kriecht er in den halbdunklen Schacht, der sich leicht nach unten neigt. Die Luke wird von außen zugedrückt. Jetzt ist Ulrich auf sich allein gestellt und er bekommt ein beklemmendes Gefühl. Immer weiter kriecht er, sich in vollkommener Dunkelheit vortastend, langsam den schmalen Tunnel hinunter.

Ulrich rutscht ein Stück den Geheimgang hinab. Er hat keine Möglichkeit, sich festzuhalten. Die Wände sind feucht und schmutzig. Endlich kommt er unten am Ende des Ganges an, versteckt hinter einem dichten Busch zwischen den Felsen. Um nach draußen zu gelangen, muss er sich an diesem Busch vorbeizwängen.

»Nichts für Dicke«, denkt er kurz amüsiert. Doch er spürt einen Schmerz an seiner Hüfte. »Hoffentlich habe ich mir nichts gebrochen«, denkt er.

Er muss ein paar Meter weiter nach unten kraxeln, bis er auf dem Weg ist. Ulrich überprüft mit ein paar Bewegungen, ob er sich verletzt hat. Er hat Glück gehabt. Von hier aus soll es schnell ins Lager der Kölner gehen. Er schaut sich genau um. Er merkt sich die Umgebung und ritzt mit seinem Messer eine Kerbe in einen dort liegenden Baumstamm. So weiß er zumindest, wo er den Gang im Notfall finden kann.

Ein alter Freund im Heerlager

Sein Weg geht nach links. Die Gedanken verweilen kurz bei Klara. Er schaut sich um und sieht oben die Burg auf dem Bergsporn, vor sich das Lager der Angreifer aus Köln. Er konzentriert sich auf den Weg. Die Musik und der Lärm des Heerlagers führen ihn direkt auf sein Ziel zu.

Plötzlich bleibt er stehen. »Oh mein Gott, da hätte ich doch bald vergessen, das Gewand zu wechseln.« Schnell entledigt er sich des Wappenrocks, den er auf der Burg als Knappe trägt und versteckt ihn im Humus des Waldbodens. Er zieht die graue Tunika über, die ihm hoffentlich im Lager hilft, nicht als Gegner entdeckt zu werden. Langsam tritt er, seinen Beutel geschultert, aus dem Wald.

Die Gegend wird offener. Nur noch einige Meter trennen ihn von der Lagergrenze. Da sieht er, dass dort jeder, der kommt oder wer das Lager verlässt, kontrolliert wird. Panik erfasst ihn, aber sein Entschluss steht fest, er will dort hinein.

Schon hat ihn eine der Wachen entdeckt und ruft ihn an: »Wer treibt sich dort herum? Bursche, komm sofort zu mir! Nenn mir die Parole des heutigen Tages!«

Ulrich erschrickt und überlegt, zu fliehen.

»Wer bist du?«, hört er wieder die Stimme.

»Ich bin Ulrich und gehöre zum Tross unseres hochwürdigen Erzbischofs Hochstaden. Ich musste mich einmal in die Büsche schlagen. Entschuldigt, ich konnte mich in der Eile nicht abmelden.«

Der Wächter schaut zweifelnd, da hört Ulrich eine vertraute Stimme aus dem Lager. »Da bist du ja, Ulrich, wo warst du denn solange?«

Der Wächter dreht sich um, als ein junger Mann in Mönchskutte auf ihn zukommt.

»Gehört er zu Euch?«, fragt er den Novizen.

»Ja, es ist Ulrich aus Köln. Er war Gast in unserem Kloster und hat sich uns spontan angeschlossen. Abenteuerlust! Komm jetzt, Ulrich!« Erstaunt und jetzt mit innerer Ruhe geht Ulrich mit dem Novizen Anselm in Richtung des Kölner Heerlagers. »Anselm, was machst du hier? Du kamst gerade noch rechtzeitig und hast eben gut reagiert. Danke dafür!«, sagt Ulrich, als sie außerhalb der Hörweite des Wachpostens sind.

»Da gibt es nichts zu danken, du bist mein Freund. Die andere Sache ist weitaus schlimmer«, antwortet Anselm. »Der Erzbischof hat unseren Abt beauftragt, aus unserem Kloster als geistlichen Beistand drei Mönche mit auf Heerfahrt zu schicken. Unter Androhung, das Kloster mit weiteren Abgaben zu belegen, stellte der Abt zwei Mitbrüder und mich dazu ab, hierher zu gehen. Aber ich bin froh, dich zu sehen. Was machst du hier? Wohnst du nicht da oben auf der Burg?«

Ulrich zieht seinen Freund etwas abseits in eine ruhige Ecke und vertraut ihm seine Absicht an. »Das musst du aber bitte für dich behalten, sonst kommt keiner von uns lebend aus dem Lager.«

»Du brauchst dich nicht zu sorgen, ich mag diesen Erzbischof ebenfalls nicht. Die reine Gier nach Talern treibt ihn an. Hier geht es um nichts anderes. Dein Graf Zurno hat übrigens heute Abend die Kölnische Abordnung, die ihm die Übergabe der Burg angeboten hat, davongeschickt, nicht ohne den Inhalt von ein paar Nachttöpfen über ihnen auszuleeren, nachdem er vorher die Zugbrücke herabgelassen und die Trottel bis unter die Pechnase gelockt hatte.« Sich umwendend, winkt er Ulrich, ihm zu folgen. »Komm erst einmal in unser Zelt, dort kannst du ruhen und dich verstecken. Ich werde erkunden, in welchem Zelt deine Klara und Blanceflor sitzen und versuche, mit ihnen zu sprechen.«

Nachdem Anselm die beiden anderen Mönche informiert hat, kann Ulrich die nächsten Stunden in Ruhe im Zelt der Dominikanermönche verbringen.

Im Morgengrauen des folgenden Tages, kurz vor dem kargen Frühstück, das Anselm zubereiten muss, rät man ihm, eine Kutte der Dominikaner aus der Kleidertruhe anzuziehen. So würde kein Verdacht geschöpft und Ulrich könne ungehindert durch das Lager gehen. Als er fertig ist, flüstert er an Anselm gewandt: »Hätte ich mir nicht träumen lassen, dass ich Latein einmal gebrauchen muss.«

»Wie kommst du jetzt darauf?«

»Dominikaner heißt doch im Lateinischen: domini canes oder im Deutschen: Hunde des Herrn.« Dabei sieht er seinen Freund grinsend an.

Anselm hat inzwischen herausgefunden, in welchem Zelt Klara und Blanceflor untergebracht sind. Ulrich bittet Anselm, Klara unter dem Vorwand, dass er mit ihr gemeinsam beten will, die Mitteilung von ihm zu überbringen, sie und Blanceflor aus dem Lager herauszuholen. Er selbst beobachtet die Wachen, um herausfinden, wann diese gewechselt werden und wo sie postiert sind. Am späten Nachmittag erhält Ulrich vom Freund und Novizen die Information, dass die Frauen von der bevorstehenden Befreiung Bescheid erhalten haben.

Ungeahnte Hindernisse

Frohgelaunt schlendert Ulrich mit Anselm durch das Lager. Der Novize hat ihm in der Zwischenzeit die Situation im geistlichen Lager des Heeres erklärt.

»Weder Arnold von Isenburg, der Erzbischof von Trier, noch Konrad von Hochstaden, Erzbischof zu Köln, sind bis jetzt vor Thurant erschienen. Der Kölner lässt sich von seinem zum Legaten, also Bevollmächtigten, Willibrod von Paderborn, zurzeit Abt von Sankt Andreas zu Köln, vertreten. Sein Kloster, ebenfalls den Dominikanern unterstellt, liegt direkt in der Nähe der Stolkgasse. Wen der Trierer geschickt hat, weiß ich nicht. Das weltliche Heer befehligt ein Hauptmann, dessen Name mir entfallen ist.« Auf dem Weg in ihr Zelt kommt plötzlich der eben genannte Legat aus seinem Zelt und eilt mit drei Rittern direkt auf die beiden zu. Sie werden aber keines Blickes gewürdigt. Anselm schaut zu Ulrich, der stehengeblieben ist.

»Was ist mit dir? Du bist blass wie frisch gemahlenes Mehl. Hast du am hellen Tag einen Geist gesehen?«

»Keinen Geist. Schlimmer! Dieser Abt aus Paderborn, ich kenne ihn und er kennt mich!«

»Wie soll das gehen? Unmöglich!«

»Als ich für meinen Vater beim Erzbischof vorsprach, saß er neben ihm im Bischofspalast und hörte die Bittsteller mit an.«

»Das ist arg. Wir müssen so schnell wie möglich von hier fort.«

»Was heißt hier wir?«, fragt Ulrich, »die Frauen und ich. Dein Platz ist hier bei deinen Brüdern.«

»Nein, Ulrich. Lass dir von mir helfen. Ich wollte nie ins Kloster. Meine Eltern haben mich hineingesteckt, damit es keinen Streit gibt, wenn mein älterer Bruder den Gutshof erbt. Ich bin weder zum Mönch noch zum Bauern geboren. Wenn ich dir helfe, dann auch, um eine Stelle als Knappe auf Thurant oder sonstwo zu erhalten.« Er hält ihm die Hand hin. »Na, gilt der Pakt?«

Ulrich schlägt ein. »Sicherlich, mein Freund, gehen wir es gemeinsam an!«

Anselm geht zum Zelt, in dem die beiden Frauen untergebracht sind und wird vor dem Eingang von einem Wächter angesprochen, was er denn wieder wolle. Amseln hat aber eine Idee: »Die heilige Kommunion bringen, sie haben darum gebeten.«

»Von einem Novizen?«

»Klosterregel! Frage doch bei unserem Abt Willibrod nach, wenn dir danach ist«, kontert Anselm, sicher, dass dies nicht geschehen wird.

Widerwillig lässt der Wächter Anselm ins Zelt. Er ärgert sich gewaltig, dass ein Novize in das Zelt darf, er selber aber nicht.

Im Zelt sitzen die beiden Frauen auf einem Strohlager am Boden. Blanceflor weint. Leise und verschwörerisch beruhigt Anselm die beiden. Klara lauscht den geflüsterten Worten des jungen Dominikaners. Sie erhalten von ihm ein paar alte Kittel und eine Gugel, die Ulrich auf einem Wagen des Trosses gefunden hat.

»Ulrich und ich kommen bei Anbruch der Dunkelheit von dort in euer Zelt.« Er zeigt auf eine Stelle, wo die Zeltbahnen den Boden erreichen, genau gegenüber dem Zelteingang.

»Ihr kommt von der Rückseite?«

»Ja, es liegt näher am Moselufer. Auf dieser Seite sieht uns hoffentlich niemand, da dort keine Zelte mehr stehen. Aber ihr müsst wissen, dass wir vielleicht schwimmen müssen. Unser Ziel ist die St. Michael Kirche in Alken.«

Die Dämmerung bricht herein. Anselm und Ulrich haben sich am späten Nachmittag so umgezogen, dass man sie in der Dunkelheit nur schwer erkennen kann. Jeder hat ein Messer unter dem Gewand umgeschnallt.

»Wir schauen uns einmal draußen um«, sagt der auf Abwegen wandelnde Novize.

»Du bist wohl jetzt richtig in deinem Element und sammelst erste Eindrücke für das Kriegshandwerk«, spöttelt Ulrich. »Also los! Worauf wartest du?«

Sie schlendern gemächlich in Richtung des Zeltes der beiden Frauen. Kurz vorher biegen sie zum Moselufer hin ab, um von dort zur Rückseite des Zeltes zu gelangen. Sich umschauend, gehen sie in die Hocke und legen die letzten Meter kriechend zurück. Die Zeltbahnen kann man nicht anheben, da sie mit Holzpflöcken am Boden befestigt sind. Anselm nimmt sein Messer und beginnt, die Zeltplane vorsichtig aufzuschlitzen. Klara nimmt das Geräusch als Erste wahr. Doch dann hört sie, dass jemand am Zelteingang steht und den Einlass fordert.

»Bitte wartet einen Augenblick, wir machen uns für die Nacht fertig.« Schnell zieht sie das übergestreifte Gewand von Ulrich wieder aus und versteckt es unter ihren Decken. Blanceflor braucht nur ihre Kopfbedeckung abzunehmen.

Als Anselm die Stimme von Klara vernimmt, ziehen sich beide etwas zurück. »Ihr könnt eintreten«, hören sie Klara rufen.

Ein Ritter von Erzbischof Hochstaden betritt das Zelt. Er hat ein beschriebenes Pergament in der Hand: »Unser von Seiner Eminenz Hochstaden eingesetzter Legat bittet Euch, dieses zu unterschreiben. Es ist eine Nachricht an den Burgvogt Berlewin von Alzey. Wir verlangen die Übergabe der Burg für Eure Freilassung.«

Klara erschrickt. Sie liest den Brief mit der Forderung und ist bestürzt. »Ich soll das unterschreiben? Eine Burg gegen mein Leben? Vergesst es und schert Euch mit Eurem Legaten davon.«

»Eure Sache. Wirst noch sehen, was du davon hast, du hochnäsige Edelgöre«, schnaubt der Ritter herablassend. »Und du«, dabei zeigt er auf Blanceflor, »kannst morgen gehen. Mein Herr hat mit dem Grafen der Ehrenburg gesprochen. Wir wissen, Ihr seid von dort. Richtet Euch darauf ein. Morgen werdet Ihr von den Herren der Ehrenberger hier abgeholt. Das Glück habt Ihr der Neutralität in dem Streit zu verdanken. Außerdem sind sie Dienstmänner des Kölner Domkapitels.« Grußlos verlässt er das Zelt.

Geistesgegenwärtig ruft Klara dem Ritter hinterher: »Es ist eine Gemeinheit, mich hier festzuhalten, aber gut, dass Ihr weg seid, Ihr Grobian!«

So wissen Ulrich und Anselm, dass die Frauen wieder allein sind. Sie schauen sich in der Dunkelheit einen Moment lang an.

»Planänderung«, flüstert der Novize, und der Knappe gibt ebenso leise zurück, »und ich weiß, wie.«

Ulrich vergrößert den Riss etwas und steckt seinen Kopf hindurch.

Blanceflor ist hin und hergerissen von dem Gespräch mit dem Ritter.

Ulrich unterbricht ihre Gedanken und sagt: »Hört jetzt genau zu! Die Situation hat sich geändert. Wir müssen umdenken.« Und er erklärt den Frauen, was Anselm und er vorhaben.

Die beiden Verschwörer machen sich auf ins Alkener Bachtal. Einfacher als gedacht, gelingt es ihnen, durch die Postenkette am Rand des Lagers zu schlüpfen. Am frühen Morgen, langsam wird es schon hell, erreichen sie das Gebüsch, hinter dem sich der Aufgang zum Ziegenstall befindet. Der lange Weg ist nicht so steil, wie er beschrieben wurde, aber beschwerlich, da man im Tunnel nichts sehen kann. Dafür hört man Anselm öfter leise schimpfen.

Nach geraumer Zeit hocken beide vor der Eisentür, hinter der sich der Ziegenstall befindet. Ulrich macht Anselm auf den störrischen Ziegenbock aufmerksam. Langsam drückt er die Tür nach innen und horcht in den Stall. Es ist kein Ton zu hören. Der Ziegenbock liegt in einer Ecke und schläft. Ungehindert gelangen beide in den Ehrenhof.

Plötzlich wird der Knappe von einer lauten Stimme angerufen. Ritter Ansgar hat Ulrich kommen sehen. Zusammen mit Anselm tritt er vor Ritter Ansgar und umarmt ihn. Natürlich ist dieser erfreut, seinen Zögling unversehrt wiederzusehen. Auf die Frage nach seinem Begleiter sagt Ulrich: »Ein Novize und Freund aus Köln. Lasst uns zum Burggrafen gehen. Wir haben einiges erfahren und mitzuteilen.«

»Ich hole ihn. Wir treffen uns im Jagdzimmer.«

Auf dem Weg dorthin sehen sie die beiden anderen Knappen, welche sich auf dem Weg zum Frühgebet befinden.

»Schau, schau, unser Ulrich«, frotzelt Josh, während die anderen beiden grinsend danebenstehen. »Haben dich letzte Nacht vermisst. Hast du deiner Klara Gedichte vorgelesen oder auf die Hühner aufgepasst, damit sie beim Legen kein Ei zerdrücken?«

Der Burggraf Berlewin von Alzey betritt mit ernster Miene das Jagdzimmer und betrachtet einen nach dem anderen, um sich schließlich an Ulrich zu wenden: »Berichte!«

Und dieser erzählt in knappen Sätzen, wie er Anselm wieder getroffen hat und er ihm helfen konnte. Ebenso berichtet er über die Entwicklung im Lager und die misslungene Flucht.

»Ansgar. Lass die Wachen verstärkt das Lager an der Alkener Lay beobachten«, befiehlt der Graf dem Ritter.

Dieser kehrt kurze Zeit später zurück. »Eine der Frauen wurde aus dem Zelt geführt und ist mit mehreren Burgmannen, die das Feldzeichen der Ehrenburger trugen, davongeritten.«

»Dann ist zumindest Blanceflor in Sicherheit. Geht und unterrichtet Brennero darüber.«

»Mein Herr«, wendet sich Ulrich an den Burgherrn, »der Novize Anselm war es, der den morgigen Angriff auf die Burg in Erfahrung gebracht hat. Außerdem will er sein Novizenversprechen ablegen und hier um eine Ausbildung zum Knappen bitten. Könnt Ihr diesem zustimmen?« Der Angesprochene sieht ihn ernst an und antwortet: »Deine Bitte in allen Ehren, doch hier brauche ich kampffähige Männer oder Knappen, denen ich nicht jeden Handgriff zeigen muss, wenn es zum Kampf kommt. Nimm ihn wieder mit nach draußen, damit er es bei den Ehrenbergern versucht.« Dann steht er auf, geht zum Fenster und spricht weiter: »Die Trierer behaupten, der Grund für die Belagerung sei, dass ich Frau Irmingard von Isenburg, eine nahe Verwandte des Trierer Erzbischofs, als Geisel hier gefangen halte. Du weißt, dass dies nicht der Wahrheit entspricht und sie aus freien Stücken hier ist.«

Alkener
Burgberg

Er dreht sich wieder zu Ulrich um: »Wenn du Thurant erneut verlässt, wirst du auf dich allein gestellt sein. Den Tunnel werden wir hinter euch zerstören. Zu groß ist die Gefahr der Entdeckung geworden. Alle, ob Ritter, Knappe oder Knecht, die derweil hier auf der Burg verweilen, haben mir ihren Treueeid erneut geschworen. Rette Klara und schlagt euch zu den Ehrenbergern durch. Ihre Neutralität wird euch schützen. Der Herrgott schütze all deine Wege und ich wünsche dir Erfolg bei deinem Vorhaben.«

Schnell dreht er sich um und stürmt aus dem Zimmer.

»Damit ist alles gesagt«, bemerkt Ritter Ansgar. »Ruht euch aus, esst und trinkt ausreichend. Bei Einbruch der Dämmerung treffen wir uns an der Luke zum Tunnel.«

Die Stunden schleichen dahin und endlich verschwindet die Sonne hinter dem Horizont. Der Abschied von dem hilfreichen Ritter ist herzlich, aber kurz. Knappe und Novize hören hinter sich die Luke zufallen und wie der Riegel vorgeschoben wird, dann gedämpft das Fluchen des Ritters.

Anscheinend ist der Ziegenbock Ferdinand aufgewacht und hat den Ritter angegriffen.

Die Befreiung

Ulrich und Anselm laufen den ihnen bekannten Weg in Richtung des Kölnischen Heerlagers. Sie wissen jetzt, wie man ungesehen durch die Postenkette schlüpfen kann und schon bald sind sie wieder in der Nähe des Zeltes, in dem man Klara gefangen hält.

Auf dem Boden liegend, sichern sie nach allen Seiten, bevor sie Klara befreien wollen. Doch plötzlich kommt ein dunkler, vierbeiniger, zotteliger Schatten in merkwürdigen Sprüngen auf sie zu. Ulrich presst vor Schreck den Arm seines Kameraden so arg, dass dieser schmerzhaft aufstöhnt. Das Untier bleibt neben ihnen hocken und sie vernehmen eine wohlbekannte Stimme: »Wusste ich doch, euch beide hier anzutreffen!«

»Josh«, flüstert Ulrich, »wo kommst du her und was willst du hier?«

»Es gibt mehr als einen Geheimgang aus der Burg. Ich habe den in der Kapelle hinter dem Altar benutzt und jetzt müssen wir uns beeilen, bevor es losgeht.«

»Was soll losgehen?«

»Abwarten. Und jetzt zu Klara!«, ist die knappe Antwort.

Sie kriechen wieder an die hintere Zeltwand, vergewissern sich, dass niemand in der Nähe ist. Ulrich steckt den Kopf durch den Riss in der Zeltwand. Klara scheint zu schlafen, sonst ist niemand im Zelt.

»Lass mich mal!«, zischt Josh. »He, Klara. Aufwachen. Deine Retter sind da.«

Verwirrt schaut Klara auf und sieht den Kopf des Knappen aus dem Loch ragen. »Hier«, sagt dieser zu ihr. »Deine Reitkleider«, und schiebt ein Bündel ins Zelt. »Umziehen, aber rasch!«

Jetzt meldet sich Ulrich wieder und sagt zu seinen beiden Freunden: »Zieht eure Messer, dann nimmt sich jeder von euch einen Pflock vor. Auf mein Kommando schneidet ihr die Seile durch und reißt die Plane hoch, damit Klara hinausschlüpfen kann.« Er ahnt mehr, als dass er sieht, wie die anderen im Dunkeln nicken.

Kurz danach steht Josh auf, legt die Hände zu einem Trichter an den Mund und heult laut wie ein Wolf in Richtung des Berghanges.

Augenblicklich verstummen alle Lagergeräusche. Es scheint eine Ewigkeit zu dauern, bis etwas, einen feurigen Schweif nach sich ziehend, von der Burg in Richtung des Lagers fliegt.

»Der Herr sei mit uns!«, schreit einer der Wächter. »Der Zorn von Thurant kommt angeflogen und will uns holen!«

»Jetzt!«, ruft Josh. Drei Messer kappen die Seile und ziehen die Plane nach oben. Schon kommt Klara aus dem Zelt gerollt.

»Was jetzt?«, fragt der Novize leise.

Im gleichen Augenblick bricht die Hölle im Lager los. Ein Speer, von der Balliste auf der Burg abgeschossen, zerbirst nicht weit entfernt und griechisches Feuer springt nach allen Seiten.

»Flo und Meister Reinmar lassen grüßen!«, ruft er in das entstehende Durcheinander im Lager. »Jetzt schnell! Mir nach!«, und spurtet durch das Lager. Unbeachtet rennen und stolpern sie auf die Stadtmauer von Alken zu.

Vom Wehrgang aus beobachten dort die Posten das Geschehen bei den Kölnern und sehen die vier Gestalten, die auf das Tor zum Bachtal zulaufen.

»Lasst uns ein!«, schreit Josh nach oben. »Ich bin es! Der Sohn von Olgert mit drei Gefährten.«

Im Schein des sich hinter ihnen ausbreitenden Feuers werden sie zum Glück von einem der Männer erkannt.

»Lasst sie ein!«, gibt er dem Torwächter zu verstehen. »Es sind welche von uns.«

Kaum sind sie durch den Einlass, schließt sich das Tor wieder krachend und Balken werden vorgelegt.

»Wo kommt ihr her und was wollt ihr hier?«, ist die erste Frage.

»Wir haben soeben dieses Mädchen aus den Händen der Kölner befreit. Wenn sie es bemerken, werden sie nach ihr suchen und alsbald vor der Mauer auftauchen«, erklärt Ulrich. »Wo können wir für kurze Zeit verweilen. Aufhalten können wir uns nicht lange.«

»Es bringt euch einer zum Haus des Thys, in dem die Malteserbrüder ein Spital betreiben. Dort wird man euch verpflegen. Derweil schicke ich nach dem Bürgermeister.«

Die vier bedanken sich und eilen zum Malteserhaus. Freundlich werden sie aufgenommen und erhalten Speise und Trank. Kurze Zeit später erscheint der Bürgermeister, Woldemar von Esch. Kurzatmig und ächzend kommt er die Stufen der Treppe herauf. Um seinen Hals trägt er die Bürgermeisterkette als Zeichen seines Amtes und lässt seinen fülligen Körper auf einen Hocker sinken.

»Was ist so wichtig, dass ihr mich nachts von meinem warmen Lager aufschreckt. Ist der Feind über die Mauer?«

»Dem Herrn sei gedankt. Noch nicht, doch hier, die vier jungen Leute bedürfen Eurer Hilfe«, antwortet einer der Malteserbrüder und zeigt auf Klara und ihre Gefährten.

Josh, der den Bürgermeister kennt, stellt die anderen vor, ehe Klara sagt: »Bürgermeister Woldemar, Ihr seid als gottes-fürchtiger und gütiger Mensch bekannt. Überlegt doch bitte, wie Ihr uns helfen könnt, heute Nacht Alken unentdeckt zu verlassen. Ich schätze, Ihr seht gewiss eine Möglichkeit.«

So schmeichelnd angesprochen, erhebt sich dieser und antwortet: »Ich habe einen Einfall, wie dies gelingen könnte. Seid in einer Stunde am oberen Tor zur Mosel.«

Er eilt schnellen Schrittes davon.

Flucht durch die Nacht

Gestärkt und mit einem Beutel Proviant versehen, verlassen sie das Spital der Malteser, um rechtzeitig am Moseltor anzukommen. Der dort wartende Bürgermeister weist einen der Torwächter an, sie hinauszulassen.

»Hier haben die Belagerer keine Posten, weil sie in Reichweite unserer Bogen- und Armbrustschützen ständen. Schleicht bis hinunter ans Ufer der Mosel. Dort wartet ein Fischer mit seinem Kahn. Steigt in das derzeit nicht so kühle Wasser und haltet Euch auf der vom Ufer abgewandten Seite am Kahn fest. Der Fischer rudert flussaufwärts bis oberhalb des Trierer Lagers. Dort steigt aus dem Wasser und flieht am Galgenplatz vorbei über den Scharen, eine Bergkuppe in Richtung der Ehrenburg. Ein paar trockene Gewänder hält der Fischer für Euch bereit. Gott schütze Euch.«

»Habt Dank, Herr«, sagt Ulrich zum Abschied. Nun stehen sie außen vor der Mauer und schleichen geduckt zum Ufer.

Wie versprochen, bringt der Fischer sie mit seinem Kahn, den er mit kräftigen, aber vorsichtigen Ruderschlägen moselaufwärts vorantreibt, bis oberhalb des Trierer Heerlagers. Nachdem sie aus dem Wasser gestiegen sind, wirft er ihnen die trockenen Kleider zu und winkt kurz zum Abschied, bevor er im aufsteigenden Nebel über dem Fluss ihren Blicken entschwindet. Josh kennt den Weg über den Galgenhügel und bringt alle trotz der Dunkelheit gut voran.

»Gehen auf dem Richtplatz nicht die Geister der Verurteilten um?«, fragt Anselm plötzlich und bleibt stehen.

»Das einzige Gespenst, welches in dieser Nacht hier umgeht, hat sich das Fell einer Wildsau auf den Rücken geschnallt, im Gesicht schwarz angemalt und heult wie ein Wolf«, bemerkt Josh. »Ich meine, die Schwarte hätte gestern noch zwischen den Jagdtrophäen an der Wand im Pallas gehangen.«

»Wir müssen nur am Galgen aufpassen. Dort soll es in letzter Zeit spuken«, lenkt Ulrich ab.

Der Mond ist inzwischen aufgegangen und im Zwielicht kommen sie zwischen den Bäumen besser voran.

»Halt!« Ulrich, der an der Spitze der Gruppe geht, bleibt stehen und deutet nach rechts in den Wald. »Da vorn ist etwas.«

Aufgeregt und angestrengt schauen alle in die angegebene Richtung.

»Bleibt hier! Ich sehe mal nach«, sagt Ulrich. Er schleicht auf allen vieren auf den Lichtschein zu.

»Ist Ulrich mutig oder ein bisschen verrückt?«, fragt Klara leise.

Einen Augenblick später hören sie wieder Geheul. Männer brüllen und schreien durcheinander. Verstehen können sie nur einen Satz: »Der Satan ist von der Teufelslay herabgestiegen. Lauft und rettet eure armen Seelen!«

Ein Schatten kommt wieder auf die Wartenden zurück. Es ist Ulrich.

»Sie heben Gräben aus und sammeln Steine für eine Befestigung, um die Ehrenburg von Thurant abzuschneiden«, lacht dieser. »Hättet ihr sehen sollen. Die sind gesprungen wie die Hasen, als ich zwischen sie gefahren bin. Hier, die zarten Hühnerschenkel waren gerade fertig.« Und reicht jedem eines der knusprig gebratenen Teile.

»War nicht zu überhören«, gesteht Anselm kauend.

»Josh, höre zu«, sagt Ulrich. »Du kehrst von hier aus nach Thurant zurück. Berichte dem Burggrafen, dass wir Klara befreit haben und was der Feind hier treibt, damit sie davon Kenntnis erhalten, insbesondere Ritter Brennero.«

»Und ihr? Hast du einen Plan?«

»Ja. Wir schlagen uns zur Ehrenburg durch. Dort werden wir uns ausruhen, verpflegen und uns dann auf den Weg zu meinem Vater auf den Bensberg machen. Dort ist es momentan immer noch sicherer als hier.«

»Abgemacht! So soll es sein. Hoffen wir, dass wir uns in friedlicheren Zeiten einmal wiedersehen.«

Der Abschied zwischen den Gefährten und Klara ist kurz und niemand nennt es unehrenhaft, wenn der eine oder andere Seufzer erklingt oder eine stille Träne rinnt. Zuviel haben sie gemeinsam erlebt.

Vier Stunden später erreichen sie die Ehrenburg. Dankbar nehmen sie das Angebot eines Nachtlagers an.

Am nächsten Morgen treffen sie mit Edelfräulein Blanceflor und dem Grafen der Ehrenburg zusammen. Beim gemeinsamen Frühstück erzählen sie nochmals das Erlebte der letzten Tage.

Den ganzen Tag wird hektisch für die Abreise gearbeitet. Heimlich und von den umherstreifenden Kriegsknechten der Belagerer unbemerkt, reiten in der Nacht Ulrich, Klara und Anselm, begleitet von zwei Burgmannen und sechs bepackten Pferden nach Udenhausen, um von dort auf dem Handelsweg nach Koblenz zu gelangen.

Den folgenden Tag und die Nacht verbringen sie in einer unscheinbaren Herberge am Rande der Stadt. Ulrich hat auf einem in Richtung Köln fahrenden Frachtschiff drei Plätze für sich, Anselm und Klara sowie das Gepäck gefunden. Die Burgmannen können so mit den Pferden zur Ehrenburg zurückkehren.

Nach insgesamt vier Tagen erreichen sie den Stadthafen von Köln. Nach Deutz übergesetzt, können sie ein paar Pferde und einen Pferdeknecht anmieten und erreichen zügig die heimische Burg in Bensberg.

Heimkehr

Die Zugbrücke ist herabgelassen und das Burgtor weit geöffnet, als sie die Burg erreichen. Wie ein Lauffeuer geht die Kunde von der Heimkehr durch die Burg. Bis auf die Wachen lassen alle, ob Bediensteter, Knecht oder Magd, die Arbeit ruhen und laufen in den Burghof, um Ulrich und seine Begleiter zu begrüßen. Am Schluss kommen seine Eltern und umarmen ihren Sohn herzlich.

»Kommt in den Pallas«, sagt Burggraf Engelbert, mehr scherzhaft als ernst, zu dem herumstehenden Gesinde, »jetzt hört auf zu gaffen und Maulaffen feilzuhalten. Bringt Speise und Trank an die Tafel im Rittersaal. Und richtet die Lager in den Gästekammern recht ordentlich. Es schaut nicht so aus, als ob sie gleich wieder abzögen.«

Ulrich, Klara und Anselm sitzen mit dem Burggrafenpaar an der Tafel, gesättigt von dem, was man ihnen aufgetragen hat und spülen die letzten Krumen mit einem Becher verdünnten Weines hinunter.

Von seinem Vater aufgefordert, berichtet Ulrich über die Ereignisse der vergangenen Wochen. Manchmal wird er von Anselm berichtigt, doch irgendwann kommt er zum Ende seiner Ausführungen. »Und jetzt sind wir hier und wollen bleiben«, sagt er. »Vater, ich habe noch zwei dringliche Bitten. Das Fräulein Klara, deren Mutter aus freien Stücken bei Berlewin geblieben ist, will ihre Tochter gut untergebracht wissen. Ich habe versprochen, mich darum zu kümmern. Lass sie in der Obhut meiner Mutter hier auf dem Bensberg. Für die entstehenden Kosten versuche ich schon aufzukommen.«

Ulrich zeigt auf Anselm. »Er hier, der nicht im Klosterdienst bleiben will und mir zum Freund geworden ist, hat einen Wunsch. Da er von Haus aus nicht von Adel ist, wird ihm eine Lehrzeit als Knappe verwehrt sein. Doch er ist nicht dumm, des Schreiben und Lesens mächtig und mutig, wenn es drauf ankommt. Gebt ihm eine würdige Anstellung.«

Engelbert schaut streng auf seinen Sohn, bevor er mit erhobener Stimme sagt: »Du willst also für die Kosten, die mir durch Klara entstehen, aufkommen. Hast du einen Schatz gefunden, der irgendwo vergraben war? Und ich soll noch einem Klosterflüchtling Unterkunft und Ausbildung gewähren? Ich dachte, auf Thurant hätte man einen Mann aus dir gemacht? Was treibt dich zu so abwegigen Gedanken, die du hier vorträgst?«

Ulrich und seine Gefährten schauen entsetzt auf den Burggrafen, der sich während seiner letzten Worte erhoben hat und mit großen Schritten um den Tisch herumkommt. Die drei springen ebenfalls auf und weichen vor der drohenden Gestalt des Hausherrn zurück. »Bleibt gefälligst stehen!«, ruft er. »Ich bin noch nicht fertig mit euch!«

Als er vor ihnen steht, sieht er einen nach dem anderen an, fängt an zu grinsen und verfällt in lautes Lachen. »Eure Gesichter hättet ihr jetzt sehen sollen, als wolle euch der Erzbischof in die Hölle schicken. Kurz und gut. Ulrich, du wirst hier deine Knappenzeit zu Ende bringen. Klara, mit meiner Frau ist bereits alles besprochen. Du wirst bei ihr als Hausdame arbeiten und du, Bursche, meldest dich bei meinem Verwalter. Er ist unterrichtet und es wird dir auf dem Bensberg nicht langweilig werden.« Er wendet er sich um und sagt zu seiner Frau: »Lassen wir uns noch einen Krug von dem guten Moselwein bringen. Das war mir der Spaß wert.«

Drei Jahre später

»Vater, auf ein Wort! Klara und ich haben beschlossen, zu heiraten«, sagt Ulrich, als er den Burggrafen im Pallas trifft.

»Keine Überraschung für mich und deine Mutter. Wir warten schon seit einiger Zeit, dass du mich darauf ansprechen wirst. Wann?«

»Mitte September, wenn die Bauern die Ernte eingefahren haben.«

»Ah, mein Sohn denkt auch ans Volk. Respekt, so sei es.«

Die nächsten Wochen und Monate scheinen im Fluge zu vergehen. Es sind nur noch wenige Tage bis zur Hochzeit.

Die ersten geladenen Gäste sind eingetroffen und mehrere Zelte werden auf dem Turnierplatz für die Unterbringung aufgestellt. Wer in der Burg keinen Platz zugewiesen bekommt, wird dort unterkommen. Klara, Ulrich und seine Eltern begrüßen jeden einzelnen Ankömmling persönlich. Sie geben Anweisungen und überwachen die Vorbereitungen zum Fest.

Wieder treffen Reiter auf Pferden ein. Pferdeknechte kümmern sich um die Reittiere und Ulrich schaut mehr zufällig hinüber, erkennt das Wappen, ein aufsteigender Löwe, gelb auf schwarzem Grund. Er schreit laut auf. Alle Umstehenden sehen ihn überrascht an. Ulrich stürmt über den Hof auf die Reiter zu: »Olgert, Ansgar, Georg, ihr Halunken und Raubritter! Wo kommt ihr her, was macht ihr hier, wo wollt ihr hin?«

Seine Worte überschlagen sich vor Freude. Das Händeschütteln und auf die Schulter klopfen will kein Ende nehmen. Von der Treppe des Pallas ruft sein Vater: »Was soll der Lärm? Er hält die Leute von der Arbeit ab. Bring die Gäste herein in den Saal. Humpen frischen Bieres stehen auf der Tafel.«

Das lässt man sich nicht zweimal sagen und nachdem der zweite und der dritte Humpen geleert sind, sagt Ansgar: »So lasst mich kurz berichten, was geschah, als du fort warst. Die Erzbischöfe haben ihre Belagerung fortgeführt und uns arg zugesetzt. Die Wurfmaschinen haben sie nachher auf dem Hügel über Oberfell aufgestellt und uns von dort beschossen. Trotz allem. Fast zwei Jahre haben wir durchgehalten, bis alle Vorräte und das Wasser aufgebraucht waren und Berlewin die Burg übergeben hat.«

Ulrich ist bleich geworden. »Was ist mit den andern, mit Ottmar, den Knappen Flo und Josh und Reinmar, dem Dichter?«

»Es hat viele Verletzte und einige Tote unter der Burgmannschaft gegeben«, fährt Georg fort. »Doch die meisten überlebten und durften gehen. So wurde ihnen von den Legaten der Bischöfe mitgeteilt. Selbst ist keiner von den hohen Herren vor Thurant aufgetaucht. Berlewin wurde bis hinter die Höhen des Hunsrücks verbannt und ist nach Alzey zurückgekehrt. Frau Irmingard hat ihn begleitet. Ottmar, der Baumeister, wurde von den Trierern beauftragt, sich um ihren Teil der Burg zu kümmern. Thurant ist jetzt nach Köln und Trier aufgeteilt. Jede Partei baut sich jetzt einen eigenen Bergfried, einen Rundturm. Wo Reinmar von Zweter geblieben ist, keine Ahnung. Sein Motto: Dessen Brot ich esse, dessen Lied ich sing. Der weiß sich schon durchzuschlagen.« Er nimmt einen weiteren kräftigen Schluck aus dem Humpen und wischt sich mit dem Handrücken den Schaum aus dem Bart.

»Die zwei Knappen«, fährt Olgert nun fort, »haben es auf der Ehrenburg gut angetroffen. Sie werden ihre Knappenzeit dort zu Ende bringen, wenn sie, unter der Anführung von meinem

Sohn, nicht zu viel Unsinn treiben. Er war es auch, der Reinmar und Flo dazu überredet hat, den feurigen Speer ins Kölner Heerlager zu schießen, während ihr das Fräulein Klara befreit habt.«

»Ich vergaß den Ritter Brennero und das Edelfräulein Blanceflor«, ergreift Ulrich wieder das Wort. »Blanceflor ist tot und Ritter Brennero, es heißt, er sei in ein Kloster gezogen. Doch das ist eine andere Geschichte.«

Am darauffolgenden Sonntag ist es soweit. Fanfaren tönen vom Bergfried und künden den Beginn des Festes an. Alle Gäste haben sich in ihre feinsten Gewänder gekleidet, verfolgen die Hochzeitszeremonie und beglückwünschen das junge Paar. Viel Volk aus Bensberg und den umliegenden Dörfern drängt sich hinter den Ehrengästen und jubelt dem Brautpaar zu. An solch einem Festtag ist es üblich, dass ein paar Bittsteller vorgelassen werden und man ihren Anliegen, soweit möglich, stattgibt.

»Hier ist ein Paar. Offensichtlich der Kleidung nach Bauernpack. Will wohl die Gelegenheit nutzen, sich ein Feld oder ein Stück Wald zu erschleichen, sind hartnäckig und lassen sich nicht abweisen«, murmelt Olgert zu Ulrich, der neben ihm steht und glücklich die Hand seiner Klara hält.

»Lass sie vor«, gibt Ulrich zurück. Durch eine Gasse murrender Gäste schlurfen die Bauern bis zu den Brautleuten und knien vor ihnen nieder.

»Entblößt eure Häupter, ungehobeltes Bauernvolk. Hat euch niemand auch nur ein klein wenig Anstand beigebracht?«, herrscht Olgert den Mann an und zieht ihm die Kapuze der Gugel vom Kopf.

Kaum ist dies geschehen, erbleicht er und sinkt selbst auf die Knie. »Herr, verzeiht meine Ungezogenheit.« Und zu der Bauersfrau, die ebenfalls ihr weites Kopftuch zurückgeschlagen hat, spricht er: »Herrin, Euer treuer Diener. Habt Nachsicht bei meinem Tun.«

Rundum sind die Gäste und das Volk in Schweigen verfallen. Hier und da hört man leises Gemurmel. Keiner kann die Vorgänge auf dem Vorplatz der Burgkapelle nachvollziehen. Da erhebt der Hausherr Engelbert vom Bensberg die Stimme und laut tönen seine Worte über die Köpfe der Anwesenden:

»Hört, hört alle meine Worte! Begrüßt und jubelt unseren Ehrengästen, dem Burggrafen Berlewin von Alzey und der edlen Frau Irmingard von Isenburg zu.«

Die beiden haben sich erhoben und die weiten, schmutzigen Umhänge abgestreift, die sie der Tarnung wegen trugen. Mutter Irmingard umarmt ihre Tochter Klara und Ulrich begrüßt Berlewin mit festem Händedruck. Gäste und Volk jubeln vor Begeisterung.

Als sich der Lärm legt und die Begrüßung der Familienmitglieder beendet ist, wendet sich Berlewin mit fester Stimme an die Anwesenden: »Nicht nur der Feierlichkeiten zur Hochzeit dieser beiden jungen Leute wegen habe ich dem Bann der Erzbischöfe getrotzt und bin mit Frau Irmingard hierher gereist, sondern auch wegen des Mutes dieses jungen Mannes«, dabei zeigt er auf Ulrich. »Er hat mehrfach gezeigt, was es heißt, ein Ritter zu werden.« Mit gekonntem Schwung zieht er sein Schwert und wendet sich an den Bräutigam: »Knie nieder, Knappe Ulrich. Auf Grund deiner Verdienste sei dir der Rest der Knappenzeit erlassen und erhebe dich als Ritter Ulrich von Bensberg.«

Dabei berührt er die Schultern des ehemaligen Knappen mit der Schwertspitze.

Ulrich steht auf und während ihn Berlewin kräftig umarmt, spürt er dessen Hand am Gürtel »Hier, nimm und lege es gut für dich und deine liebe Frau an. Es ist eure Brautgabe von Frau Irmingard und mir.« Dabei wechselt ein schwerer, prall gefüllter Beutel mit Talern seinen Besitzer.

»Es kann sein, dass der eine oder andere Taler dem Kölner Erzbischof gehört hat. So trägt auch er seinen Teil zu deiner Hochzeit bei«, flüstert der ehemalige Herr von Thurant dem jungen Ritter zu.

Bis in die Stunden des neuen Tages feiern und tanzen das Brautpaar, die Gäste und das anwesende Volk auf dem Bensberg.

Es wird noch ein paar Jahre dauern, bis Ulrich und Klara als Burgherrenpaar die Nachfolge von Engelbert und seiner Gattin auf dem Bensberg antreten. Doch bis dahin - Das ist eine andere Geschichte.

Epilog

Wer einmal an die Mosel reist und nach Alken kommt, sieht oberhalb des Dorfes auf dem Bergsporn die Burg Thurant liegen. Trutzig ragen die beiden Bergfriede (links der kurkölnische und rechts der kurtrierische) empor.

Geht durch den Ort und besucht einmal die Burganlage. Einiges wird euch bekannt vorkommen, was in diesem Buch erzählt wird und an den Knappen Ulrich erinnern.

Tatsache ist, dass Thurant von den beiden Erzbischöfen fast zwei Jahre lang belagert wurde, bis sie vom Burggrafen Berlewin von Alzey, genannt »*Der Zorn von Thurant*«, wegen Lebensmittel- und Wassermangels übergeben werden musste.

Die Bischöfe selbst waren ebenfalls nie im Heerlager und für die Unterzeichnung der Kapitulationsurkunde schickten sie jeweils einen Vertreter. Es ging ihnen tatsächlich nur um die Einnahmequelle von Zoll auf den Wegen und dem Wasser und war ihnen ein Dorn im Auge, weil das zu Thurant gehörende Gebiet an die Grenzen des Erzbistums Köln wie auch Trier stieß.

Als die Burg im Jahr 1248 an die Belagerer übergeben wurde, erfolgte in Köln die Grundsteinlegung zum Kölner Dom. Es gibt eine Sage, dass ein Junker von Leiningen, in Moos gehüllt, den Berg hinunter durch die feindlichen Linien gerollt ist, um Hilfe beim Pfalzgrafen zu erbitten. Jedes Jahr am dritten Sonntag nach Karneval feiert man in Alken noch heute zu seinem Gedenken das Moosemannfest.